KB043454

조선 소녀들,
유리천장을 깨다

조선 소녀들, 유리천장을 깨다

초판 1쇄 2021년 10월 15일 **초판 2쇄** 2022년 12월 15일

글쓴이 설흔 **편집** 작은배 **디자인** 구민재page9
펴낸곳 도서출판 단비 **펴낸이** 김준연 **등록** 2003년 3월 24일(제2012-000149호)
주소 경기도 고양시 일산서구 고양대로 724-17, 304동 2503호(일산동, 산들마을)
전화 02-322-0268 **팩스** 02-322-0271 **전자우편** rainwelcome@hanmail.net

ISBN 979-11-6350-044-5 43810 값 12,000원

※이 도서는 한국출판문화산업진흥원의 '2021년 출판콘텐츠 창작 지원 사업'의 일환으로 국민체육진흥기금을 지원받아 제작되었습니다.

조선 소녀들,
유리천장을 깨다

불가능에 도전한 조선의 소녀들

설흔 글

단비
danbi

작가의 말

대체로 소년들은 자기와 싸운다. 자기와 치열하게 싸운 끝에 어떠한 결과물을 만들어내 보이면 세상은 소년들을 어른으로 받아들인다.

소녀들도 자기와 싸운다. 다른 점이 있다. 소녀들은 자기와의 치열한 싸움에서 승리해도 곧바로 어른 취급을 받지는 못한다. 소녀들에게는 또 하나의 넘어야 할 장벽이 있다. 세상이 가진 편견이 그것이다. 지금껏 살아온 경험을 토대로 무지막지하게 단순화해서 말한다면, 세상은 소년들에게는 꽤 너그러우며, 소녀들에게는 끔찍할 정도로 가혹하다. 소년들의 단점은 남자가 그럴 수도 있지, 하며 쉽게 용서받지만, 소녀들의 단점은 어떻게 여자가, 하며 대죄 취급을 받는다. 세상을 남성 권력자라는 용어로 대체해도 별반 다르지 않음을 밝혀둔다.

그러므로 자기와 세상이라는 이중의 장벽을 깬 소녀들은 칭찬받아야 마땅하다. 불가능에 도전한 그들은 하나같이 대단하고 놀라운 전사들이다. 겉으로 보기엔 실패한 것 같아도 실은 모두 승리한, 아니 끝까지 싸웠던 전사들이다.

소녀들의 이름은 마지막 장에 함께 다룬 신사임당, 허난설헌 등 몇 명을 제외하곤 꽤 낯설 것이다. 신분도 천차만별이며 자신과 싸워 이긴 과정도 다 다르다. 서로 다른 조건과 느낌의 소녀들을 고른 건 여러 종류의 편견을 이겨내는 다양한 방법을 보여주기 위함이다. 자료가 거의 없어서 추측에 의존한 경우도 많다. 생몰 연대나 이름 같은 기초 정보조차 확실하지 않은 경우가 많으며, 심지어 어떤 소녀는 실존 여부조차 불명확하다. 소녀와 소년에 대한 세상의 이중적 시각을 엿볼 수 있는 또 다른 측면이다. 이 책이 부디 옛날이야기로 읽히기를 바란다. 오늘날과는 전혀 관계없는 지나간 이야기로 읽힐 날이 어서 오기를 바란다. 하지만 내 섣부른 바람과는 달리 그날은 쉽게 오지는 않을 것이다.

2021년 가을

설흔

차례

작가의 말 • 4

1장 소녀, 허벅지살을 베다
— 이숙희 • 8

2장 소녀, 돌멩이를 던지며 노래 부르다
— 석개 • 25

3장 소녀, 남편을 직접 선택하다
— 이옥봉 • 49

4장 소녀, 이웃의 비참한 현실을 처음으로 목격하다
— 장계향 • 73

5장 소녀, 죽음으로 저항하다
— 박향랑 • 95

6장 소녀, 고기보다 공부를 더 좋아하다
— 임윤지당 • 112

7장 소녀, 남자 옷을 입고 세상을 구경하다
— 김금원 • 137

맺는 글 남성 권력자가 평가하는 냉혹한 시선과 싸워야 했던 소녀들의 삶
— 신사임당과 허난설헌 • 161

참고문헌 • 176

1장

소녀,
허벅지살을
베다

…

이숙희

1562년 봄, 16세 소녀 이숙희는 병으로 앓아누운 할머니의 곁을 지켰다. 할머니는 66세의 노인이었다. 조선 전기라는 시대를 고려하면 이미 상당한 고령이었다. 평소에도 그다지 건강한 편은 아니던 할머니는 쉽게 일어나지 못했다. 숙희는 할머니의 팔다리를 주무르며 눈물을 훔쳤다.

"할머니, 어서 일어나세요."

생각해보면 숙희 곁에는 늘 할머니가 있었다. 어머니가 2년 간격으로 동생을 낳았던 까닭에 숙희는 거의 할머니 손에서 자랐다. 그랬기에 어머니를 제쳐두고 할머니의 간호를 도맡았다. 한 해 전인 1561년에 결혼해 그즈음의 풍속대로 친정집에 살림을 차린 새댁이었지만 아직 숙희에게는 할머니가 남편보다 훨씬 더 중요했다.

숙희는 지극정성이었다. 숙희는 음식도 제대로 먹지 못하는 할머니를 생각해 자신도 밥 대신 죽을 먹었다. 그저 허기만

채울 정도로 아주 조금만. 뜰 한쪽에 정화수를 떠 놓고 오갈 때마다 기도를 드렸고, 혹시라도 할머니를 지켜보다 잠이 들까 봐 허벅지를 찌를 송곳까지 준비했다. 숙희는 진정 사랑하는 사람이 아니면 하기 힘든 행동도 마다하지 않았다. 할머니의 똥을 맛보았던 것. 할머니의 병을 진단하기 위해서라는 명목이었으나 가장 더러운 분비물에까지 입을 대는 자신의 마음을 제발 천지신명이 알아주어 할머니의 병을 고쳐달라는 기원의 뜻도 있었다. 4년 전 할머니가 비슷한 병을 앓았을 때도 그랬다. 숙희는 그때도 똥을 맛보았고 할머니는 며칠 후에 건강을 회복했다. 이번에는 달랐다. 4년의 세월이 흘렀기 때문일까, 할머니는 좀처럼 병을 이기지 못했다. 아예 눈물을 달고 할머니를 보살피던 숙희는 고민에 빠졌다. '할머니가 일어나지 못하는 이유는 내 정성이 부족하기 때문일 거야.'

숙희가 정말로 할머니를 사랑한다면 4년 전과 비교해 무엇인가를 더 해야만 했다. 자신의 정성이 확실하게 들어간 행동. 하늘과 사람 모두 인정하고 고개를 끄덕일 만한 행동. 숙희는 결심했다. 그리고 칼을 들었다. 손이 떨렸다. 칼을 내려놓았다가 심호흡을 하고 다시 들었다. 허벅지 살을 벴다. 살점이 떨어졌다. 깎은 손톱만큼도 안 되는 살이었으나 피는 멈출 줄 몰랐고 무엇보다도 끔찍하게 아팠다. 숙희는 이를 악물고 비명을 삼켰다. 치마를 찢어 허벅지를 묶는 응급처치를 하고는 부엌으로 갔다. 아궁이에 서서 베어낸 살을 불에 태웠다. 검게 변한 살을 빻아서 가루로 만들었고 흰 그릇에 담았다. 대나무를 달인 물을 부은 후 손가락으로 잘 섞었다. 할머니 방으로 들어가기 전 숙희는 정화수 앞에 서서 손을 모으고 기도했다. 눈물 흘리며, 간절하게.

며칠 후, 할머니는 자리에서 일어났다. 숙희의 행동이 보상을 받은 것이다. 하늘은 숙희를 외면하지 않았다. 숙희는 기쁨의 눈물을 흘렸다. 하지만 아픔의 눈물이기도 했다. 허벅지가 아직도 욱신거렸다. 숙희는 자기 방으로 들어가 허벅지의 상처를 살폈다. 딱지가 생겼다. 다행히 덧나지는 않았다는 뜻이었다. 숙희의 눈에 삼강행실도가 들어왔다. 숙희는 책을 펼치려다가 말았다. 숙희는 치마를 내리면서 "이만하면 됐다." 하고 중얼거렸다. 그러고는 문득 야트막한 한숨을 쉬었다. 숙희 자신도 의미를 잘 알 수 없는 한숨이었다.

숙희는 1547년 성주 아전 배순의 집에서 이온과 김종금의 장녀로 태어났다. 보통은 부모를 먼저 살펴야겠지만 숙희의 경우는 조금 달라서 할아버지 이문건이 우선이었다. 이문건은 집안의 가장이며 가족이 오랫동안 살던 서울이 아닌 성주 아전

집에 머무르게 된 이유를 제공한 사람이기 때문이다.

1494년에 태어난 이문건은 이른바 신흥 사대부 가문 출신이다. 신흥 사대부는 고려 말기 과거 시험을 통해 관계에 진출한 문인들을 가리키는데 향리 출신도 다수 포함되어 있다. 우리가 잘 아는 안향도 향리였고, 이문건의 가장 유명한 선조인 이조년의 아버지 또한 향리였다. '이화에 월백하고'로 시작하는 시조의 저자 이조년은 과거에 급제한 후 예문관 대제학 등을 역임했으며 강직한 성품으로 이름이 높았다. 이조년의 후예답게 이문건 또한 강직했다. 조광조의 문인 이문건은 조광조가 사망하자 둘째 형 이충건과 함께 조문했다. 중종의 갑작스러운 배신 사건으로 조광조가 하루아침에 충신에서 역적으로 몰린 위태롭고 급박한 시절이었음을 생각하면 그야말로 목숨을 건 조문이었던 셈이다. 그 일로 실세 중의 실세 남곤에게 제대로 찍힌 형제는 1521년에 유배형을 받았다. 이충건은 유배 중에 목숨까지 잃었다. 1527년에 간신히 사면을 받은 이문건은 이듬해에 과거에 응시해 합격했다. 이조 좌랑, 승정원 좌부승지 등을 지내며 순탄하게 관직 생활을 하는가 싶던 이문건에게 또 다른 화가 닥친다. 1545년에 일어난 을사사화에 연루되어 성주로 유배된 것이다. 이 유배는 이문건과 그의 가문에 치명타가 되었다. 이문건은 1567년 세상을 떠날 때까지 유배객의 신세를 면하지 못했다. 숙희가 할아버지의 유배지인 성주에서 태어난 이유이다.

여기까지 읽었다면 숙희의 탄생이 인생의 쓴맛을 제대로 본 할아버지 이문건에게는 그다지 달가운 일이 아니었음도 짐작할 수 있겠다. 이문건에게 필요한 건 처참하게 무너진 가문을 재건할 손자였다. 훗날 이문건이 손자 이숙길에 대해 쓴 글에 진심이 잘 드러나 있다. '내가 하나뿐인 손자에게 바라는 건 학문을 완성하여 가문을 일으켜 세우는 것이다.'

숙희 아버지 이온이 있지 않냐고 예리한 지적을 할 수도 있겠다. 그랬다. 아들 이온이 있기는 했다. 하지만 이온은 어릴 적 열병으로 사경을 헤매다 살아났으나 '멍청해졌다'. 이문건이 얼마나 절망했는지는 다음 문장에 잘 드러난다. '부모가 박복하여 그런 것이니 그 한을 어찌 다 기록할 수 있겠는가?'

숙희의 탄생에 조금 못마땅한 태도를 보이기는 했어도 숙희의 어린 시절에 대해 조금이라도 알게 된 건 이문건 덕분이다. 이문건은 일기를 쓰는 사람이었고, 당대 선비로서는 드물게 손자와 손녀의 양육에 관심을 가진 사람이었다. 이문건은 숙희의 성품에 대해 다음과 같이 기록했다.

성품이 밝고, 명랑했다. 조급하고 잘 울었다.

숙희가 별 탈 없이 정상적으로 자랐다면 조금 울음이 많기는 해도 어두운 집안의 분위기를 밝히는 데 어떤 식으로든 일조했을 것 같다. 하지만 숙희는 아버지를 닮아 몸이 약한 편이었다. 아버지 이온이 그랬듯 열병을 비롯해 온갖 병에 시달렸다. 다행히 살아나긴 했으나 아버지의 전철 또한 그대로 밟았다.

> 1549년 겨울 천연두에 걸렸다…. 1550년 여름 열병으로 고생하다가 살아났다. 1551년 여름 이질에 걸려 고생하다가 살아났다…. 1553년 풍열을 앓았다…. 이때부터 정신이 전과 같지 않았다.

꽤 꼼꼼한 기술이면서 한 줄 한 줄에서 안타까움이 느껴지기도 하나 앞서 말했듯 이문건의 관심은 손자의 탄생에 있었다. 간절한 열망과는 달리 며느리가 두 번째로 낳은 아이 역시 여자아이였다. 이문건은 이번에는 손자를 바라는 마음을 아예 노골적으로 내비쳤다. '계속 여자아이를 낳으니 손녀들에게 도무지 관심이 가지 않는다.'

세 번째 아이마저 여자였다면 집안 분위기는 수습 불가능한 상황으로 빠져들었을 것이다. 1551년 손자 숙길이 태어남으로써 집안은 위기를 모면했다. 손자에 대한 이문건의 관심은 실로 대단했다. 숙길의 이가 언제 나기 시작했고, 언제 처음 걸었고, 장 상태는 어땠으며, 돌에 무엇을 잡았는지까지 정확하게 알 수 있다. 이문건이 모두 다 빼놓지 않고 기록으로 남겼기 때문이다. 재미있는 내용이 참 많지만, 주인공은 숙길이 아니므로 다시 숙희에게로 돌아가자. 숙길에 대한 관심이 대단했다는 건 다시 말하면 손자 숙길이 아닌 다른 손녀들에게는 큰 관심이 없었다는 뜻이기도 하다. 그렇기에 숙희에 대한 언급은 어쩌다 생각나면 한두 줄 적은 수준에 지나지 않는다는 사실을 먼저 밝혀둔다.

얼마 안 되는 숙희의 기록에서 제일 흥미로운 건 숙희가 먼저 요청하는 아이였다는 점이다. 숙희는 6세 때 언문, 즉 한글을 배우고 싶어 했다. 이문건은 이를 대견히 여기고 한글 자모를 써주었다. 6세 때면 숙희가 열병을 앓기 전이다. 다시 말하면 정신이 온전하던 시절이라는 의미다. 숙희는 한글을 잘 배웠던 것으로 보인다. 10세 되던 해 이문건에게 천자문을 가르쳐 달라고 다시 요청했는데 이문건은 천자문에 한글로 훈을 달아서 가르치는 방법을 택했기 때문이다. 그런데 여기서 궁금증이 생긴다. 왜 숙희는 10세 때 천자문을 가르쳐 달라고 요청했을까?

질문을 조금 바꾸는 게 좋겠다. 숙희는 7세 때 열병을 앓았고 그 뒤로는 '정신이 전과 같지 않았다'. 9세가 되어서야 겨우 숫자를 셌다는 기록이 정신의 온전하지 못함을 증명한다. 그렇다면 정신이 전과 같지 않았던 숙희가, 숫자 공부에도 어려움을 겪었던 숙희가 자신이 감당하기 어려워 보이는 천자문을 가르쳐 달라고 요청한 이유는 도대체 뭘까?

숙길 때문이었다. 이문건이 여섯 살 숙길에게 천자문을 가르치기 시작했던 것. 사실 그즈음 이문건은 24시간 내내 손자와 함께 있다시피 했다. '손자를 안아 눕히고 함께 잠자며, 밤을 함께 지내고 항상 따로 두지 않았다.'

눈치 빠른 숙길이 할아버지에게 온갖 어리광을 부린 건 당연하다. 숙길은 죽도 떠먹여 달라고 했고, 심지어는 똥오줌의 뒤처리도 할아버지에게 시켰다. 할머니 똥을 먹은 숙희와 대조되는 장면이다. 아무튼, 이문건은 손자의 지각이 날로 나아진다고 여기고 시험 삼아 천자문을 가르치기 시작했는데 숙희가 이 장면을 목격했던 것이다. 여기서 숙희가 먼저 요청하는 아이였다는 표현에 대해 다시 생각해보는 게 좋겠다. 숙희가 먼저 요청한 건 이문건이 자발적으로 손녀에게 가르침을 베풀지 않았기 때문이다. 사실 이문건은 정신의 온전함 여부를 떠나 숙희가 천자문을 공부하는 것 자체를 별로 탐탁지 않게 여겼다. 이유는 단 하나, 여자아이였기 때문이다. 여자아이, 그것도 10세가 된 여자아이라면 여자의 공부, 즉 집안을 꾸려나가는 방법을 배우는 게 온당하다고 생각했기 때문이다. 조선 선비들이 사서만큼 애지중지했던 경전 〈예기〉에는 이와 관련한 내용이 실려 있다.

> 남자아이가 10세가 되면 집을 나가 스승을 찾고 교사에 기숙하면서 공부를 시작한다…. 여자는 10세가 되면 밖에 나가지 않는다. 말씨를 상냥하게 하고, 용모를 유순하게 하며, 어른의 말에 따르도록 가르친다…. 베 짜기, 제사 모시기 등 여자의 일을 배운다.

성리학 근본주의자 조광조의 문인답게 예절에 완고했던 이문건은 숙희에게 천자문 가르치는 일에 별로 열성을 보이지 않았다. 숙희가 13세, 즉 무려 3년 만에 천자문을 익힌 건 숙희의 정신이 온전하지 못한 부분과 할아버지의 게으름, 혹은 의도적 방치가 힘을 합해 만들어낸 결과이겠다. 숙희는 정신이 온전하지 못한 탓인지 눈치도 약간 부족했다. 이문건의 마음도 모르고 자꾸만 더 가르쳐 달라고 졸라댔다. 아마 이문건은 난감했을 터. 하지만 손자 숙길에게 하루 시간 대부분을 투자해 경전을 가르치는 상황에서 함께 사는 손녀 숙희에게 조금 미안한 느낌도 분명 있었을 것이다. 이문건은 고민 끝에 숙희에게 〈삼강행실도〉를 가르친다. 일종의 타협이었다. 본격적인 경전은 아니었지만, 사람이라면 반드시 알아야 할 예절을 담은 책이기도 했다. 다시 말하면 여자인 숙희가 읽는다고 해가 되거나 문제가 될 일이 전혀 없는 책이었다는 뜻이다. 그런데 여기서 반전이 일어난다. 뜻밖에도 숙희가 이문건을 놀라게 만들었던 것. 숙희는 〈삼강행실도〉를 꼼꼼히 읽고 제대로 이해했을 뿐 아니라 모호한 부분에 대해서는 날카로운 질문까지 던졌다. 이문건은 숙희를 다시 보게 되었다. 분명 정신이 온전하지는 못했지만 배움에 있어 열의도 있었고 어떤 부분은 의외로 뛰어나기도 했다. 시기 또한 절묘했다. 무슨 말인가 하면 이 시기 이문건은 손자 숙길에게 약간 실망한 상태였다. 숙길은 공부보다는 놀이를 좋아했고, 차분하고 온순하기보다는 조급하고 화를 잘 냈다. 심지어는 할아버지에게 대들기까지 했다. '독서를 싫어하고 장난하고 놀기를 좋아한다…. 성품이 조급해서 남의 말을 듣지 않으며, 혼나는 게 무서워 저지른 일을 숨기고, 말을 자꾸 둘러댄다.'

물론 이문건도 자신의 책임이 적지 않다는 사실은 잘 알았다. '손자 하나라서 항상 가엾게 여겨 매번 실수를 용납해 준'

결과 숙길은 할아버지를 무서워하지 않는 아이로 자란 것이었다. 아마 이문건은 숙희가 손자였다면, 숙희가 아프지 않았다면 어땠을까, 하고 여러 번 생각해보았을 것이다. 부질없는 가정이었다. 숙희가 손녀고 숙길이 손자라는 사실은 변하지 않았다. 대신 이문건의 행동은 조금 바뀌었다. 이문건은 처음으로 숙희와 숙길에게 같은 책을 동시에 가르쳤으니 그 책이 바로 〈소학〉이었다. 숙희의 나이 15세 때의 일이었다. 조금 다른 이야기지만 이문건이 고른 책이 〈소학〉이라는 사실은 무척 흥미롭다. 왜 그런가 하면 조광조가 사랑하던 책, 전국에 보급하려던 책이 바로 〈소학〉이었기 때문이다. 조광조가 사형을 당한 후에는 주인의 운명을 따라 금서가 되다시피 한 책이기 때문이다. 허균의 글을 인용한다.

> 기묘년에 선비들이 화를 당한 후에 사람들은 〈소학〉과 〈근사록〉은 말하기도 꺼렸고 자식들에게 가르치지도 않았다.

유배 생활 중인 이문건의 생각이 전혀 바뀌지 않았음을 알 수 있는 대목이다. 물론 〈소학〉 자체가 반역적인 사상을 담은 책은 아니다. 주자의 말에 따르면 〈소학〉은 '성인의 가르침'을 다시 회복하는 사회를 만들자는 성리학 교화서이다. 실천이 중요한 책이라 내용도 별로 어렵지는 않다.

그렇다면 같은 책을 배운 둘의 성취 수준은 어땠을까? 숙희 쪽이 오히려 더 뛰어났다. 나이와 지력의 차이를 고려해도 속도는 완연히 달랐다. 그 결과 숙희는 동생의 공부를 돕는 역할까지 맡아서 하게 되었다. 여기에 이르면 숙희의 정신이 온전하지 못했다는 이야기에 약간의 의구심을 갖게 된다. 정신이 온전하지 못한 숙희가 정신이 온전한 동생 숙길을 가르치는 일이 과연 가능한 일이었을까? 이문건이 정신이 온전하지 못했다고 쓴 것은 정확히 어떤 상태를 말하는 것이었을까? 이문건은 숙희를 어떤 관점에서 바라보았을까? 이 질문들에 대한 명확한 답은 가진 정보가 거의 없는 우리로서는 하기 어렵다.

아쉽게도 숙희의 공부 기록은 이걸로 끝이다. 15세 때 정섭과 결혼을 했기 때문이다. 신사임당이나 임윤지당처럼 공부에 뛰어났던 여성들도 결혼 후에는 책 한 번 펼치지 않았다. 앞서 인용한 〈예기〉는 15세 이후 남자가 해야 할 일에 대해 장황하게 열거하지만 여자에 대해서는 이렇게만 언급한다.

15세에 이르면 비녀를 꽂고 20세가 되면 출가한다.

출가하는 나이보다는 그 이후 내용이 이어지지 않는다는 사실이 중요하다. 출가하면 그걸로 끝이라는 뜻이다. 다시 말하면 남편과 시집과 아들을 위해 살라는 뜻이다. 몰락하기는 했어도 이문건은 어엿한 사대부였다. 숙희 또한 신사임당이나 임윤지당처럼 공부를 접고 살림에만 몰두했을 것이 분명하다. 더군다나 숙희는 친정집에 살림을 차렸으므로 할아버지 이문건의 눈길에서 벗어나기는 어려웠다. 그렇기에 숙희의 공부는 15세라는 이른 나이에 끝나 버렸던 것이다.

동생 숙길은 어땠을까? 누나에게 〈소학〉을 배우는 처지였던 숙길은 할아버지에게 〈대학〉과 〈맹자〉를 배웠고 얼마 후엔 〈예기〉의 사례에 따라 스승까지 초빙해 〈자치통감〉을 배웠다. 숙희는 분명 그 모습을 멀리서 지켜보았을 것이다. 하지만 이제 숙희는 요청할 수 없는 처지였다. 아이였을 때는 모르는 척 조를 수 있었지만 결혼한 후에는, 〈삼강행실도〉와 〈소학〉을 통해 여자의 도리를 배운 후에는 그마저도 불가능해진 것이다. 이러한 숙희의 상황을 고려해보면 앞에서 다루었던 부분, 즉 할머니의 병을 지극정성으로 간호한 사실에 대해서 조금 다르게 해석할 여지가 생긴다. 무슨 말인가 하면 자신의 허벅지 살을 베어 할머니에게 먹인 부분을 일종의 실천적인 공부로 간주할 수 있다는 뜻이다. 숙희의 마지막 공부는 〈소학〉이었다.

〈소학〉은 어떤 책일까? 사람이 가져야 할 기본적인 예의를 담은 책이다. 바꿔 말하면, 실천하지 않으면 아무런 의미가 없는 책이기도 한 것이다. 그랬기에 우리의 공부하는 소녀, 공부를 원했던 소녀 숙희는 실천으로 자신의 공부를 완성했던 것이다. 물론 〈삼강행실도〉의 영향도 빼놓을 수는 없다. 이 책에는 자신의 몸을 상하게 함으로써 효를 완성한 사례가 단골손님처럼 한두 장 걸러 등장하기 때문이다. 왕무자의 아내는 병든 시어머니를 위해 허벅지살을 잘랐고, 석진은 병든 아버지를 위해 손가락을 잘랐다…. 그랬기에 숙희의 행동을 가장 칭찬한 이는 할아버지이자 스승 이문건이었다.

> 행실이 곧고 굳센 손녀가 남들이 할 수 없는 일을 홀로 해냈다. 사경을 헤매던 부인이 소생한 이유이다…. 효라고 부르던 행동들이 어찌 이보다 나을 수 있겠는가?

자신의 유일한 스승이었던 할아버지 이문건의 칭찬을 받은 숙희는 무척 기뻤을 것이다. 자신의 공부를 인정받았기 때문일 터. 하지만 우리로서는 아쉬운 부분도 있다. 잘 읽어보면 이문건의 칭찬은 범위가 매우 좁다. 즉 손녀의 '효'를 칭찬했다. 이문건이 숙길에게 가졌던 엄청난 희망을 기억해보기 바란

다. '내가 하나뿐인 손자에게 바라는 건 학문을 완성하여 가문을 일으켜 세우는 것이다.'

의리에 평생을 바쳤던 선비 이문건은 훌륭한 사람이었으나 남녀의 공부에 대해 똑같이 생각하지는 않았다. 손녀의 공부는 효를 실천하는 것으로 충분했다. 하지만 손자의 공부는 가문을 일으키는 것이어야 했다. 그랬기에 이문건은 숙길에게만 회초리를 들었다. 숙희의 성취는 그 정도면 되었다고 너그럽게 인정했던 반면, 숙길에 대해서는 조금도 만족하지 못하고 끝까지 몰아붙였다. 할아버지의 바람과는 달리 숙길은 끝내 가문을 일으켜 세우지 못했다. 임진왜란 때 의병 활동을 한 것이 전부이다. 의병 활동을 낮추어 볼 의도는 전혀 없음을 밝힌다. 하지만 숙길이 할아버지 이문건의 기대에 온전히 부응했다고 보기는 어렵다.

공부를 좋아했던 소녀 숙희의 이후 삶이 어떠했는지도 확실히 알 수는 없다. 결혼한 여인은 출가외인이었다. 그랬기에 우리는 숙희가 언제 죽었는지도 말할 수 없다. 숙희가 남자였다면 어땠을까 하는 상상을 해본다. 대단한 성과를 이루지는 못했어도 숙길보다는 나은 성과를 거두지 않았을까 하는 상상을 해본다. 숙길을 무시하는 게 아니라 공부를 좋아했던 숙희의 성향을 높이 사고 싶기 때문이다. 하지만 숙희의 공부는

〈소학〉에서 멈추었다. 우리의 공부하는 소녀 숙희는 마지막으로 배웠던 〈소학〉의 문장들을 읽고 실천하면서 남은 삶을 살아갔을 가능성이 크다. 어쩌면 남은 생에서 한 번 더 살을 베었을지도 모르겠다. 대견하기도 하고 씁쓸하기도 한 나날이었으리라. 어쩌면 숙희는 아주 가끔, 누가 볼까 싶어 주위를 두리번거린 후 책을 펼쳐보았을 것 같다. 그때마다 숙희는 자신도 의미를 잘 알 수 없는 야트막한 한숨을 자주 쉬었을 것 같다.

2장

소녀,
돌멩이를 던지며
노래 부르다

…

석개

어린 소녀가 집에서 길을 잃었다. 넓고 큰 집은 아예 미로였다. 처음엔 무서웠다. 문을 열고 또 열고 지붕을 보고 또 보고 마당을 걷고 또 걷는 사이에 두려움은 어느새 사라지고 호기심이 피어났다. 소녀는 끝이 보이지 않는 넓은 집을 나비처럼 이리저리 헤매다녔다. 구름이 해를 살짝 가리자 잠시 나갔던 정신이 돌아왔다. 마음이 급해진 소녀는 가까이 있는 문을 급하게 밀었다. 소녀의 눈이 휘둥그레졌다. 지금껏 감탄하며 다닌 곳들은 후원에 비하면 잡초밭이었다. 그림 속에서나 보았던 아름다운 여인들이 정자며 마당에 여름꽃처럼 활짝 피었다. 꽃을 닮은 여인들은 춤을 추고 노래를 불렀다. 소녀는 그만 다리에 힘이 풀려서 자리에 풀썩 주저앉았다. 여인들을 감독하던 청지기가 성큼성큼 다가왔다. 소녀를 보자마자 다짜고짜 눈살을 찌푸리곤 사자코를 킁킁거렸다.

"끔찍한 얼굴이로고. 늙은 원숭이도 킬킬대며 웃겠구나.

도대체 넌 누구냐?"

"석개라고 합니다. 부엌을 찾다가…."

"부엌? 부엌이라면 행랑 근처에 있지 않겠느냐?"

당황한 석개는 더듬거리며 대답했다.

"죄, 죄, 죄송합니다. 제가 처음이라서. 집이 너무 커서…."

"새로 온 계집종이로구나. 처음이니 오늘은 용서해주마. 이곳은 너 같은 아이가 함부로 들어올 곳이 아니니 앞으로는 조심하도록. 자, 날 따라오너라."

몇 걸음 앞서 걷던 청지기가 걸음을 멈추고 언성을 높였다.

"뭐 하느냐? 어서 따라오지 않고?"

두세 걸음 걷는 시늉을 했던 소녀는 넋이 빠진 사람처럼 그 자리에 멈춰 서서 여인들을 보았다. 청지기가 재차 불렀다. 소녀는 아무것도 들리지 않는 사람처럼 여인들에게서 눈을 떼지 않았다. 참다못한 청지기가 다가와 소녀의 뒤통수에 꿀밤을 먹였다.

"이것아, 꿈도 꾸지 마라. 화살같이 째진 네 눈을 보면 호랑이도 겁을 먹고 도망가겠다. 나도 아까는 심장 떨어지는 줄 알았다니까. 흐흐, 너의 그 끔찍한 생김새로 노래하고 춤추는 가기(歌妓)가 도대체 웬 말이냐?"

모진 비웃음을 들은 소녀의 눈에 살짝 눈물이 맺혔다. 청지기는 눈물마저 놀림의 대상으로 삼았다.

"물러터진 호박에서 물이 줄줄 새는구나. 어이구야, 정말 끔찍해서 더는 못 보겠다. 꿈에 볼까 두렵다. 어서 가자. 너의 생김새에 딱 맞는 아름다운 일을 골라줄 테니."

청지기는 소녀의 머리채를 우악스럽게 잡아당겼다. 소녀는 터져 나오는 비명을 간신히 참았다. 그러나 질질 끌려가는 와중에도 소녀의 눈은 여전히 여인들에게서 떠나지 않았다.

16세기를 살았던 이 소녀의 이름은 석개이며 신분은 노비이다. 석개에 대한 몇 안 되는 기록에서 단연 눈에 띄는 건 끔찍한 용모에 대한 자세한 묘사다. 〈어우야담〉을 쓴 유몽인은 인정사정없는 직유로 석개의 용모를 정리했다.

늙은 원숭이 같은 얼굴, 좀대추나무로 만든 화살처럼 찢어진 눈.

늙은 원숭이의 얼굴을 특별히 눈여겨본 적은 없고 좀대추나무는 이름부터 생소하지만 석개의 용모는 어느 정도 상상이 간다. 명문장가 유몽인이 석개에게 개인적인 원한을 품었을 리는 없다. 유몽인은 당파 싸움으로 어지러웠던 시대에서도 좌우 돌아보지 않고 꿋꿋하게 자신만의 길을 걸었던 고결한 선비였으니까. 그러니까 석개는 객관적으로, 다른 말로 하면 누가 보아도 못생긴 소녀였다. 한 번 보면 웬만해서는 잊히지 않는, 어휴 오늘 못 볼 걸 봤네 하고 하늘을 향해 혼잣말하며 몸을 부르르 떨게 되는, 저 얼굴로 어찌 살까 하고 동정의 한숨을 쉬게 되는, 정말로 끔찍하게 못생긴 소녀였다. 추녀 석개에게 동네 우물에서 물을 떠 오라는 '아름다운' 임무가 배당된 건 어쩌면 자연스러웠다. 조금 과장하면 석개는 집 안에 머무는 것조차 허락되지 않았던 것! 내면의 아름다움을 중시했던 유교 국가 조선에서도 현대 자본주의 사회만큼이나 여성의 용모를 따졌다는 당연하면서도 씁쓸한 사실을 확인할 수 있는 장면이다. 허균의 일화는 또 다른 증거이다.

> 기생 네 명이 들어와 인사를 했는데 한 명의 생김새가 무척 형편없었다. 내가 말했다.
> "저 아이는 분명 노래를 잘할 것이오. 그것도 굉장히!"
> 여인이 분한 듯 눈을 흘기며 물었다.
> "그걸 어떻게 아시지요?"
> "이유를 듣고 싶은가?"
> "네."

"재주가 없었으면 그 얼굴로 어떻게 이 자리에 끼었겠는가?"

내 말에 모두 웃음을 터뜨렸다. 짐작은 맞았다. 기녀는 과연 노래를 잘했다. 그것도 굉장히!

기녀의 용모보다 재주를 아낀 것이라는 친허균적인 해석도 존재하나 내 생각은 좀 다르다. 허균의 글은 '여자가 못생겼으면 능력이라도 있어야지.' 하는 세상의 오래된 편견을 무의식중에 그대로 드러낸 것 그 이상도 이하도 아니다. 난봉꾼 이미지의 허균이 부안 기생 매창과 고상한 친구로만 지냈던 것도 사실은 매창의 용모가 별로였기 때문이라는 설도 있음을 참고삼아 밝혀둔다. 다시 석개의 이야기로 돌아가자. 석개가 중종의 사위 여성군 송인의 집에 여종으로 들어간 것이 몇 살 때의 일인지는 전혀 알 수 없다. 일개 노비의 나이까지 세세하게 조사해 적을 정도로 기록이 친절하지는 않으며 어쩌면 석개 본인도 자신의 나이를 잘 몰랐을 가능성도 있다. '아이 적에'라는 표현으로 볼 때 아무리 높게 잡아도 열서너 살 이상은 아니었을 것이다. 나이 추정을 도울 만한 그 어떤 증거도 없지만, 전적으로 이 글의 편의를 위해 13세였다고 가정한다.

우물에 물을 길으러 가는 험한 일을 전담하게 된 13세 소녀 석개의 마음은 여러모로 편치 않았다. 자신의 얼굴이 예쁜

편이 아니라는 것을 확인하기 위해 굳이 거울까지 동원한 필요는 없었다. 놀라고 경악하고 킥킥대는 사람들의 반응만으로도 넉넉히 짐작할 수 있었으니까. 그렇다고 해서 그 또한 준수한 용모와는 거리가 먼 사자코 청지기에게 머리채를 붙잡히고 역시 예쁜 용모는 아닌 다른 여종들에게까지 손가락질을 받는 건 아무리 생각해도 부당한 일이었다. 게다가 우물은 꽤 멀었고, 두레박을 끌어 올려 물을 채우고 나무 물통 두 개를 건 물지게를 지고 왔다 갔다 하는 일은 13세 소녀의 체력으로 감당하기에는 만만치 않았다. 석개는 우물 앞에 서서 줄줄 흐르는 땀을 소맷부리로 닦았다. 한숨을 푹푹 쉬는데 후원에서 보았던 여인들이 떠올랐다. 청지기가 말했듯 그들은 가기일 터였다. 노래하고 춤을 추는 것을 전문으로 하는 그 여인들의 신분은 자신과 똑같은 종일 터였다. 석개는 입을 쑥 내밀고 투정을 부렸다.

"불공평해!"

그들은 예쁜 얼굴을 타고났다는 이유로 후원에서 신선놀음을 하며 살았고, 못생긴 자신은 남자 종도 꺼리는 물지게를 지고 하루하루를 버티듯 보내는 것이다. 우리의 주인공 석개의 편을 좀 들어줘야겠다. 석개가 처음부터 투정을 부렸다고 생각하기는 말길. 석개는 자신이 맡은 일을 묵묵히 수행하는 성실한 소녀였다. 하지만 격려가 필요한 나이이기도 했다. 석개가 힘들게 물을 길어 가도 누구 하나 칭찬의 말을 건네지 않았다. 외면과 킥킥거림과 손가락질이 전부였을 뿐. 피곤한 하루하루가 반복되어 날짜조차 모를 지경이 되자 석개는 자신의 인생에 대해 한탄하기 시작했다.

"우리 부모님은 왜 나를 이런 얼굴로 태어나게 했을까?"

석개는 긴 한숨을 쉬었다. 누구 한 명이라도 맞장구를 쳐 주었으면 사정은 좀 나았으리라. 하지만 석개는 늘 혼자였다. 유별나게 못생긴 13세 소녀 석개의 투정을 들어주는 친절한 사람은 아무도 없었다. 심지어 까치와 까마귀 들도 멀찌감치 떨어져 나는 듯했다. 사람과 동물 모두에게 왕따인 석개에겐 그저 후원 담에 몰래 기대어 서서 가기들의 노래를 듣고 춤을 보는 것이 유일한 낙이었을 뿐.

그러던 어느 날이었다. 나무 물통에 물을 가득 담은 후 물지게에 걸고 걸음을 옮기던 석개는 돌부리에 걸려 휘청거렸다. 천만다행으로 넘어지지는 않았으나 어렵게 채운 물은 모두 다 쏟아졌다. 너무 억울해서 눈물도 나오지 않았다. 석개는 젖은 바닥에 그대로 주저앉았다. 젖은 흙에 엉덩이가 차가워지는 것을 느끼며 가기들이 불렀던 노래를 불렀다. 가사도 곡조도 잘 떠오르지 않았지만 석개는 중간에 멈추지 않고 끝까지 불렀다. 가기들이 들었다면 절망했을 것이다. 엉망진창 가사에 곡조는 아예 창작이었다. 박자도 강약도 없이 그저 목청으로만 마구 질러대는 노래였다. 그런데 신기한 일이 일어났다. 비록 노래 실력은 부르는 자신이 한심하게 여겼을 정도로 형편없었으나 뭐랄까, 막혔던 속이 뻥 뚫린 느낌이었다.

석개는 빙긋 웃었다. 서울에 와서 처음 느낀 상쾌한 기분이었다. 석개는 자리에서 일어나 또 다른 노래를 불렀다. 역시 엉망진창인 노래였으나 효과는 훌륭했다. 나비가 되어 훨훨 나는 기분이었다. 마음과 손과 발이 모두 가벼워졌다. 석개는 곧바로 또 다른 노래에 도전했다. 이번에는 가벼워진 팔과 다리까지 움직여가면서 노래를 불렀다. 춤과 노래를 끝마친 석개는 나무에 기대 손으로 얼굴을 부쳤다. 온몸에서 땀이 줄줄 흐르고 목이 따끔거렸다. 하지만 기분은 아까보다도 몇 배는 더 좋았다. 석개는 손부채로 계속 얼굴을 부치면서 하늘을 보았다. 무심히 흘러가는 구름을 보며 친구에게 조언을 구하듯 정답게 물었다.

"노래나 한번 해볼까?"

구름에게선 대답이 없었다. 물론 구름에게 입이 있었다면 하지 말라고, 무뚝뚝한 목소리로 대답했을 것이다. 지나가던 나무꾼이 구름 대신 대답을 해주었다.

"못생긴 년이 왜 물은 안 긷고 혼자서 조잘조잘 시끄럽게 떠들고 있는 게냐?"

무슨 용기가 생겨서일까, 석개는 나무꾼에게 물었다.

"제 노래는 어땠나요?"

나무꾼은 바닥에 침을 퉤 뱉고 서둘러 걸음을 옮기며 대답을 날렸다.

"내가 본 가장 끔찍한 얼굴이고, 내가 들은 가장 끔찍한 노래다."

평소였다면 눈물을 또르르 흘렸겠으나 오늘의 석개는 달랐다. 이미 멀어진 지 오래인 나무꾼의 등에 대고 손까지 흔든 후 스스로에게 다시 물었다.

"정말 노래나 한번 해볼까?"

석개는 날이 저물 때까지 그 질문 하나를 반복하고 또 반복했다. 마침내 하늘이 어둑어둑해지자 버려두었던 나무 물통이 비로소 눈에 들어왔다. 석개는 두레박을 끌어 올리려다가 손에서 놓았다.

"내버려 두자."

어쨌거나 혼쭐이 나기는 마찬가지일 터였다. 그렇다면 굳이 힘들게 물지게를 지고 갈 이유는 없었다. 석개는 빈 물지게를 지고 가벼운 마음으로 집까지 걸었다. 물론 그동안에도 노래는 멈추지 않았다.

밤이 깊어 돌아온 석개를 기다리는 건 회초리였다. 발길질로 석개를 환영한 청지기는 아예 바닥에 눕혀놓고 매질을 했고, 석개의 눈에서는 종일 흐르지 않던 눈물이 났다. 각오는 했지만 아픈 건 아픈 것이었다. 한참 동안 매질을 당하고 방으로 돌아온 석개를 위로해 주는 이는 역시 아무도 없었다.

그날 밤 석개는 과연 무슨 생각을 했을까? 글을 아는 소녀였다면 분명 아름다운 시나 문장으로 자신의 서글픈 마음을 표현했을 것이다. 우리의 주인공 석개는 13세 여종이었다. 재잘거리는 혼잣말 말고는, 푹푹 쉬는 한숨 말고는, 엉망진창인 노래 말고는 할 줄 아는 게 전혀 없었다. 하지만 셋 다 할 수 없었을 것이다. 석개 혼자 쓰는 방이 아니었으므로. 그러므로 석개는 그저 죄 없는 입술만 깨물고 또 깨물었겠지. 하지만 이 참담한 밤이 석개를 바꾸었다. 꼭 깨문 입술에서 마침내 피가 흘렀던 이 침묵과 좌절의 밤이 지나 석개는 전혀 다른 사람이 되었다. 좌절 가득한 핏빛 침묵 속에서 밝아오는 하늘을 본 석개는 결단을 내렸고 그 결과 완전히 새로운 사람이 되었다. 다음 날부터 석개가 보여준 행동이 그 증거이다.

석개는 우물에 가서 나무 물통을 우물 난간에 걸어 놓고는 종일 노래만 불렀다…. 날이 저물면 빈 통을 가지고 돌아왔다. 매를 맞아도 그 버릇을 고치지 않았다. 석개는 다음 날도 같은 행동을 반복했다.

청지기의 속이 확 뒤집혔음은 당연하겠다. 13세 여종, 그것도 눈 뜨고 보기 힘들 정도로 못생긴 석개가 자신의 권력에 공공연히 반기를 든 것이다. 매의 힘을 믿는 청지기는 밤이면 밤마다 매질로 다스렸고 강도를 점점 더 높여 갔지만 이게 웬걸, 석개에게 매는 무용지물이었다. 청지기는 매를 맞는 석개가 호호 웃는 느낌마저 받았다. 물론 환청이었다. 석개의 입술은 꼭 닫혀 있었다. 이쯤 되니 곤란해진 건 석개가 아니라 청지기였다. 여종 하나 다스리지 못하니 도무지 면이 서지 않는다. 그렇다고 매질만 계속 해댈 수도 없었다. 매질이 효과가 없다는 건 이미 증명된 바이니까. 청지기는 머리를 썼다. 겉으로는 석개를 위한 조처였으나 실은 자신을 위한 것이었다.

"내일부터는 나물이나 캐 와라. 너 정도의 머리와 몸으로도 그 정도 일은 충분히 감당할 수 있겠지."

청지기는 이로써 석개 문제는 다 해결되었다고 생각했을 터. 그렇지 않았다. 13세 소녀 석개는 한 번 먹은 마음을 절대로 바꾸지 않는 유형이었다. 못생긴 석개가 타고난 또 다른 자질이었다.

석개는 광주리를 들판에 내려놓고 작은 돌멩이를 주워 모았다. 다 모은 후에는 곧장 노래를 불렀다. 노래 한 곡을 끝낼 때마다 돌멩이 하나를 광주리에 넣었다. 나물 생각은 아예 접고 노래만 불렀으니 광주리는 금세 가득 찼다. 석개는 작전을 바꾸었다. 노래 한 곡을 끝낼 때마다 광주리 안의 돌멩이를 하나씩 꺼내어 들판에 던졌다. 가득 채웠다가 비워내기를 여러 번 반복하면 어느새 날이 저물었다. 석개는 빈 광주리를 가지고 돌아왔다.

청지기는 한숨을 푹푹 쉬면서도 다시 매를 들 수밖에 없었다. 마음이 편하지는 않았을 것이다. 아무리 매질을 해도 석개의 마음이 바뀌지 않으리라는 것을 그 누구보다 잘 알고 있었으므로. 석개가 매질을 견디는 동안 우리는 석개의 노래 연습법에 대해 생각해보자. 석개의 노래 연습법은 두 가지 측면에서 놀라움을 준다. 한 가지는 방법의 무식함이다. 사람이 과연 저렇듯 무지막지하게 연습하는 것이 과연 가능한가? 글쎄. 대답 대신 또 다른 일화 하나를 소개한다.

학산수는 우리나라에서 노래 잘 부르기로 유명한 사람이다. 산에 들어가 노래 연습을 했는데 한 곡을 마칠 때마다 모래알을 하나씩 신발에 넣었다. 신발에 모래가 꽉 찬 다음에야 집으로 돌아왔다.

박지원이 쓴 글에서 인용했다. 돌멩이와 모래, 넣었다 뺐다를 반복하는 것과 그냥 넣는 것 등 세부 내용에 약간의 차이는 있으나 전체적으로는 비슷하다. 출생연도가 200년 가량 차이가 나는 유몽인, 박지원 두 작가가 서로 다른 인물에 대해 비슷한 표현을 썼다는 건 실제가 아닌 관용적 표현일 가능성이 무척 높다는 뜻이다. 그러므로 우리는 방법의 실현 가능 여부가 아니라 이 일화가 말하고자 하는 바에 주목해야 한다. 박지원은 글의 첫 문장에 다음과 같이 썼다.

하찮은 기술이라 할지라도 모든 것을 잊고 전념한 뒤에야 성취할 수 있는 법이다.

무슨 말인가? 모든 것을 잊고 전념하는 그 마음이 정말로 소중하다는 뜻이다. 다른 말로 하면 죽을 각오로 노력하면 안 되는 일이 없다는 뜻이다. 그렇다면 학산수의 노래는 얼마나 아름다웠을까?

학산수가 한번은 도둑을 만났다. 도둑들이 그를 죽이려 하자 바람이 부는 쪽을 향해 노래를 불렀다. 도둑들이 감격하여 눈물을 줄줄 흘렸다.

노래 하나로 목숨을 건졌다는 뜻이다. 학산수의 가창력을 짐작할 만하다. 연습, 또 연습에 매진했던 석개의 실력은 어떠했을까?

노래가 곡조를 이루지 못했다. 나무꾼이나 나물 캐는 아녀자들이 부르는 것과 비슷했다.

석개의 노래 연습법이 주는 두 번째 놀라움이다. 그토록 연습하고 또 연습했음에도 석개의 노래는 별로 늘지 않았다. 글을 쓰는 나로서도 난감하다. 이래서야 뭐 교훈다운 교훈이 전혀 없지 않은가? 그렇다면 이렇게 말해야 할까? 하늘은 석개에게 끈기만 주고 재능은 주지 않았다. 나쁜 하늘! 아, 역시 이상하다. 석개 이야기는 도대체 어떻게 결론을 내려야 할까? 열심히 한다고 다 잘 되는 건 아니니 그냥 노력했다는 것에 의의를 두고 살라고?

여러분은 정말 그럴 수 있는가? 행동에 결과가 따르지 않는데 과정만 생각하며 만족하기란 실제 삶에서는 거의 불가능하다. 다행스럽게도 이야기는 아직 끝나지 않았다. 어느 시점에선가 석개의 기행은 주인인 송인의 귀에 들어갔다. 아마도 청지기의 새로운 작전이었을 터. 집안에 가기들을 모아 훈련을 시킬 정도로 풍류에 밝은 송인이 일은 내팽개치고 종일 노래만 부른다는 여종 석개에게 흥미를 느낀 건 당연한 일. 송인은 석개 한 사람만을 위한 오디션을 개최했을 테고, 석개는 일생일대의 기회를 놓치지 않기 위해 목청을 다해 노래를 불렀을 것이다. 드라마나 영화였다면 극적인 반전이 이뤄졌겠지만 석개는 엄연히 현실을 사는 인물, 형편없던 솜씨가 하루아침에 싹 바뀌었을 리는 없다. 늙은 원숭이 상을 한 석개가 악을 쓰며 부르는 노래에 혹시나 하고 구경하던 가기들은 귀를 막고 얼굴을 찌푸렸을 터. 퇴짜는 당연하다 여겼을 터. 그런데 송인의 생각은 조금 달랐다. 송인은 별다른 고민도 없이 이렇게 말했다.

"가능성이 있구나. 그럼 나랑 같이 제대로 한번 해보자."

모르긴 몰라도 석개조차 합격을 기대하지는 않았으리라. 13세 소녀 석개가 늙은 원숭이처럼 눈물 흘리며 감격했음은 더 말할 필요도 없겠다. 드디어 자신을 알아준 사람이 나타난 것이다. 하면 된다고 말해준 사람이 나타난 것이다. 용모에 대해서는 언급도 하지 않고 가능성만으로 자신을 평가해준 사람이 나타난 것이다.

석개는 참 운이 좋은 사람이었네, 라고 말할 수도 있겠다. 그렇지 않다. '하늘은 스스로 돕는 자를 돕는다.'라는 통속적인 격언을 인용한다. 노래가 세상 전부인 양 자신의 미래를 걸었던 석개의 행동은 결국 보답을 받았다. 석개 스스로 만들어낸 반전이었다. 이를 그저 운으로 여겨서는 곤란하다.

그렇다면 이제는 송인의 가르침을 받은 석개의 노래가 어떻게 변했을지 살펴보는 과정만 남았다. 그에 앞서 송인이 어떤 사람인지를 잠깐 살펴보는 게 좋겠다. 어떠한 종류의 사람이기에 끔찍한 외모를 지닌 석개를, 노래 실력도 보잘것없는 석개를, 그 가능성만 보고 받아들인 것일까? 재미있는 건 송인은 외모가 무척 아름다운 남자였다는 사실이다. 직접 본 신흠의 기록에는 감탄이 넘친다.

> 풍채가 단아하고 묵중하며 얼굴이 그림같이 생겼다. 참으로 귀공자의 품격을 지닌 사람이었다.

송인이 중종의 사위였음은 앞에서 이미 밝힌 바 있다. 그것만으로도 이미 엄청난데 거기에 더해 부자였고 성품 또한 온유했다. 박지화가 쓴 평이다.

> 송인은 부유한 가운데서도 풍류를 잊지 않았다. 스승과 벗을 존경하며 늘 공손히 대접했다.

한마디로 여성들, 아니 남성들 또한 우러러 보며 닮기 원했던 완벽한 남자가 바로 송인이었다. 남부러울 게 없는 사람들은 흔히 성품이 개차반, 즉 못된 개와 비슷하기 마련인데, 개들이 몹시 싫어할 이 이론은 송인에게는 해당되지 않았다. 송인은 인품조차도 훌륭했다. 하지만 송인이 완벽한 성품을 타고났다고 곧바로 생각해서는 안 된다. 사실 송인에게는 참고 견뎌야 할 아픔이 있었다. 바로 중종의 사위라는 족쇄였다.

족쇄라니? 무슨 소리인가? 복에 겨웠나? 어디 아픈가? 하고 질문할 수도 있겠다. 하지만 조선 임금의 사위는 벼슬을 할 수 없었다. 다른 말로 하면 선비의 꿈, 즉 출사해서 자신의 뜻을 마음껏 펼칠 수가 없는 사람이었다는 것이다. 반듯한 송인이기에 그 아픔은 더 컸다. 어디 하나 빠지지 않는 송인이 많고 많은 길 중 풍류의 세계에 발을 들인 이유이기도 하다. 벼슬을 할 수 없으니 어딘가에는 몰두해야 마음에 응어리가 지지 않을 텐데 송인은 노래하고 춤추는 가기들을 양성하는 데에서 삶의 보람을 느꼈다. 이제 송인이 석개를 뽑은 이유를 설명한다. 어떻게든 버텨내려고, 삶의 고비를 돌파하려고 애를 쓰는 석개의 모습에서 송인은 자신과 비슷한 점을 보았다고 생각한다. 우물 바닥에서 탈출하기 위해 모든 것을 다 걸고 덤비는 석개의 모습이 송인의 마음을 움직였다! 13세 소녀이면서도 삶의 길을 정하고 밀어붙이는, 이미 한 명의 어른으로 자란 석개의 모습이 송인의 마음을 흔들었다!

예술가에게 멘토만큼 중요한 존재는 없다. 유몽인은 송인을 만난 석개가 '나라에서 제일가는 절창이 되었다.'라고 결론만 밝혔을 뿐 구체적인 교수법은 적지 않았다. 석개가 받았을 만한 집중 교육을 다른 사례를 통해 짐작할 수 있다. 주인공은 계섬이다.

계섬은 고을 아전을 지낸 집안의 출신이다. 사람됨이 훌륭했으며 눈은 초롱초롱 빛이 났다. 7세 때 아버지가 죽었고 12세에는 어머니마저 죽었다. 16세에 어느 집 여종으로 들어갔는데 노래를 배워 제법 이름을 얻었다.

계섬을 통해 우리는 석개의 이력을 대략 유추할 수 있다. 석개 또한 계섬과 비슷한 삶을 살았을 것이다. 집안은 찢어지게 가난했고, 아버지와 어머니를 일찍 잃은 후 여종이 되었을 것이다. 석개와 계섬 두 사람 모두 노래를 어려운 삶의 탈출구로 삼았다. 물론 용모는 완전히 달랐다. 노래 실력도 처음을 기준으로 하면 계섬이 조금 나았던 것으로 보인다. 하지만 그저 들어줄 만한 수준이던 계섬의 노래 실력이 비약적으로 발전한 건 이조판서를 지낸 이정보의 집으로 옮겨간 뒤였다. 이정보는 정통 문신이었음에도 음악에 조예가 깊었다.

> 악보에 따라 배우며 수년의 과정을 거치는 동안 계섬의 노래는 더욱 향상되었다. 노래를 할 때 마음은 입을 잊고, 입은 소리를 잊었다. 그 아름다운 소리가 집안에 울려 퍼졌다.

후대의 사례이기는 하나 변화가 더뎠던 조선 시대였던 만큼 앞선 시대의 송인 또한 비슷한 교수법으로 석개를 가르쳤을 것이 분명하다. 가르쳤던 기간은 아마도 서너 해 내외였던 것으로 짐작되나 확실치는 않다. 송인을 만난 후 석개는 절창으로 거듭났다. 유몽인의 표현에 따르면 '백여 년 동안 없었던 일'이었다. 새로 태어난 석개는 대성공을 거두었다. 삶의 고비를 넘기고 성공한 석개는 돈과 명예를 모두 얻었다. 유몽인과 심수경의 글이다.

석개는 하루도 빠지지 않고 권세 있고 귀한 사람들의 연회에 불려갔다. 사례로 받은 금과 비단이 집안에 쌓였고 마침내 부자가 되었다.

송인의 여종 석개는 가무에 능해 비교할 사람이 없었다. 영의정 홍섬이 절구 세 구를 지어주고, 좌의정 정유길, 영의정 노수신, 좌의정 김귀영, 영의정 이산해, 좌의정 정철, 우의정 이양원과 내가(우의정 심수경) 연이어 시를 짓고, 나머지 재상들도 화답해 두꺼운 시집을 완성했다.

부자가 된 것도 대단하지만 그 유명한 정철, 이산해, 노수신 등이 앞다투어 석개의 노래를 칭찬하는 시를 썼는데 그 시가 두꺼운 시집 한 권 분량이었다는 사실이 더 놀랍다. 우물가와 들판에서 멋대로 노래를 부르던 석개는 자신이 부러워하던 아름다운 가기들이 이루지 못한 놀라운 성공을 거두었다. 보는 사람 모두 손가락질하던 석개의 용모에 대한 지적은 어느 시점에선가 완전히 사라졌다. 노래의 훌륭함이 용모의 추함을 잊게 만들었던 것!

유독 어려움을 많이 겪었던 석개이기에 그가 이룬 성취는 더 값지게 느껴진다. 유몽인은 자신의 글을 다음과 같이 마무리했다.

세상만사가 모름지기 열심히 노력한 후에 이루어지는 것이니 어찌 석개의 노래만 그러하겠는가? 나태하게 지내며 굳은 마음을 세우지 못한다면 도대체 무슨 일을 성취할 수 있겠는가?

허균의 평도 소개한다. 유독 용모를 중시했던 허균은 석개를 어떻게 보았을까?

기생 영주선과 송인의 여종 석개의 노래가 조선에서 최고이다.

석개의 성공담으로 흐뭇하게 글을 마무리하고 싶으나 석개의 죽음을 살펴보지 않을 수는 없다. 의외의 반전, 혹은 당연한 반전이 있기 때문이다.

(임진왜란 후) 세력 있는 집안의 어느 종이 석개의 말을 따르지 않았다. 석개는 관가에 고발해 죄를 다스리려 했으나 도리어 살해당했다.

석개는 왜 이런 비참한 죽음을 겪었을까? 성공에 도취해

교만해진 나머지 많은 이들의 미움을 샀고, 그 결과 목숨을 잃었다는 해석이 있다. 어릴 때부터 보였던 석개의 특이한(?) 성격을 생각해보면 고개가 끄덕여지기도 하나 조금 다르게 생각하고 싶다. 과연 석개가 교만해졌다는 이유로 사람들이 미워했을까? 그럴 수도 있겠다. 하지만 '늙은 원숭이 같은 여종 출신이 감히' 하는 편견이 더 중요한 역할을 하지는 않았을까? 송인이 살아 있을 때는 방패막이 역할을 했겠지만 송인 사후에는 사정이 달라졌으리라. 돈 잘 버는 못생긴 여종 출신 석개를 달갑지 않게 여긴 잘난 남자들이 이러한 하극상을 마냥 두고 보지는 않았을 것이다.

석개의 비참한 죽음이 의미하는 바는 명확하다. 조선 사회는 여종의 성공을 편견 없이 바라볼 정도로 성숙하지는 않았다. 역사학자도 아니면서 무슨 근거로 그렇게 단정하냐고? 앞서 말했던 계섬의 사례를 드는 게 좋겠다.

> 이정보가 죽자 계섬은 아버지가 죽은 것처럼 곡을 했다…. 무덤을 찾아가 종일 노래하고 통곡하다가 집에 돌아오곤 했다. 이정보의 자식들이 이 이야기를 듣고 묘지기를 책망했다. 계섬이 크게 한탄하고 다시는 가지 않았다.

후원자 이정보가 죽자 계섬은 무덤을 지키는 것으로 은혜를 갚으려고 했다. 하지만 이정보의 자식들에게 계섬은 천한 여종일 뿐이었다. 여종이 무덤에서 울고 노래하다니, 지체 높은 양반집에서 일어나서는 안 되는 부끄러운 일이었다. 이정보가 계섬을 아꼈다는 사실은 안중에도 없다. 계섬은 그 뒤로는 즐거움이라는 단어를 아예 잊고 살다가 쓸쓸히 세상을 떠났다. 석개와 계섬의 죽음은 형태는 달라도 본질적으로는 동일하다. 두 사람 모두 자신의 노력만으로 성공을 거두었던 진정한 여성들이었다. 하지만 조선 사회는 그들의 노래만을 즐겼을 뿐, 그들의 인생은 받아들이지 않았다. 그래도 석개에게 마지막 자부심 한 가지는 죽는 그 순간까지 남아 있었음을 밝혀둔다.

석개의 딸 옥생 또한 나라에서 제일 훌륭한 명창이 되었다.

3장

소녀,
남편을 직접
선택하다

…

이옥봉

1584년 어느 날, 삼척 부사 조원이 조용히 방문을 열고 들어왔다. 말없이 자리에 앉아 있던 조원은 붓과 벼루를 이옥봉 쪽으로 슬며시 밀었다. 옥봉은 짐작하면서도 모른 척 물었다.

"무슨 일인가요?"

"시를 좀 써주게."

"어떤 시를 말씀하시나요?"

"신 장군이 북방의 반란을 평정한 공로로 병마사가 되었다네."

신 장군은 신립을 말한다. 1583년 여진족 주장 니탕개는 1만여 명의 병사를 이끌고 함경도 경원을 공격했다. 기껏해야 수백 명 선이던 과거와는 규모부터 달랐다. 온성 부사 신립은 직접 기병을 이끌고 전투에 참여했고, 6개월 넘게 싸우고 또 싸운 끝에 니탕개의 목을 베고 반란을 평정했다. 안절부절못하고 지켜보던 나라에서는 신립의 공로를 인정해 함경북도 병마절도사의 지위를 선물했다. 조원은 신립과 안면이 있었다. 병마사에 오른 것을 축하하는 편지를 썼다. 지금 조원은 그 편지에 옥봉이 쓴 시를 덧붙이기를 원했다. 옥봉은 완곡하게 거절했다.

"직접 쓰시는 게 더 좋지 않겠습니까?"

"시는 그대가 나보다 훨씬 더 잘 쓰지 않는가?"

옥봉이 기대했던 바로 그 대답이었다. 모른 체하고 거절한 건 조원의 이 대답을 듣기 위해서였다. 대답이 떨어지자마자 옥봉은 속으로 웃었다. 옥봉은 마치 미리 생각해둔 사람처럼 붓을 빠르게 움직여 시 한 편을 완성했다. 시를 읽는 조원의 두툼한 목소리가 방 안에 울려 퍼졌다.

장군의 호령 소리는 천둥
적들의 머리가 거리에 가득하니 기세는 등등
북과 나팔과 쇠 피리가 멀리 울려 퍼지고
달빛 그윽한 바다에는 용들도 춤을 춘다.

"참으로 호방한 시로구려. 용들도 춤을 춘다는 구절을 읽으면 신 장군도 감탄하겠소."

옥봉은 빙그레 웃음을 머금은 얼굴로 조원의 시평을 들으며 생각했다.

'시인이 되길 참 잘했어.'

시가 아니었다면 근엄한 조원이 어찌 저렇게 기뻐하는 얼굴을 보이겠는가? 또 다른 기쁨이 찾아왔다.

'결혼한 건 정말 훌륭한 결정이었어.'

조원은 사람의 가치를 제대로 알아주는 공명정대한 선비였다. 자신의 소실에게 시를 부탁하는 남편이 얼마나 되겠는가? 옥봉의 몸에 기쁨이 파도처럼 몰려왔다. 지금 옥봉은 이 세상 그 누구보다도 더 행복한 사람이었다.

남편에게 자신의 시를 인정받고 어린애처럼 기뻐하던 옥봉이 정확히 언제 태어났는지는 모른다. 당대의 여러 사정을 고려해보면, 남편 조원과 대략 10여 세 차이일 것으로 추측할 뿐이다. 여기서는 옥봉의 탄생연도를 1558년으로 확정하기로 한다. '치밀한' 역사적 고증을 통해서 얻은 결과가 아닌, 글을 '편하게' 쓰기 위한 목적으로 선택한 것이라는 사실을 숨김없이 밝힌다.

옥봉은 옥천군수를 지낸 이봉의 서녀로 태어났다. 허균의 기록에 따르면 이름은 원(媛)이었다(옥봉은 스스로 지은 호이다. 원이라는 이름보다 옥봉이 더 유명하므로 이 글에서는 옥봉으로 부르기로 한다).

서녀라는 사실에서 두 가지가 자연스럽게 설명된다. 탄생연도가 불명확한 이유가 그 하나이며, 조원의 정처가 아니라 소실인 이유가 다른 하나이다.

탄생연도도 확실하지 않은 서녀 옥봉에게 어린 시절의 기록이 풍부하게 존재할 리 없다. 예외가 있다면 조원의 고손자 조정만이 쓴 글이다. 고조할아버지 조원의 삶을 널리 알리기 위해 쓰인 홍보성 자료인데 옥봉도 곁다리로 등장한다. 단, 조정만도 여러 사람에게 전해들은 이야기를 모은 것이라는 사실에 주의하면서 읽어야 한다는 점은 밝혀둔다.

> 옥봉은 태어나면서부터 총명했다. 아버지(이봉)가 기특하게 여겨서 문자를 가르치니 곧바로 깨달았다. 이윽고 공부를 좋아하는 것이 하나의 버릇이 되었다. 아버지가 해마다 책을 사서 읽도록 해주었다. 생각이 나날이 발전했는데 시 짓는 능력이 특히 뛰어났다.

옥봉은 하나를 가르쳐주면 열을 아는, 머리가 무척 비상한 소녀였다. 서녀 옥봉에 대한 아버지 이봉의 적극적인 후원도 흥미롭다. 해마다 책을 사서 옥봉에게 제공해주었다는 것이다. 조선 시대의 책은 무척 비싼 물건이었다. 조선 후기였다면 어림도 없는 일이었으리라. 책값이 문제가 아니라 여성에게 책을 제공하는 행위 자체를 말하는 것이다. 조선 전기에는 사정이 조금 달랐다. 신사임당, 허난설헌, 황진이의 사례에서 보듯 시와 문장과 그림으로 이름을 날린 여성들이 적지 않았으며 남성들 또한, 어찌 감히 여자가 하는 식의 '재수 없는 꼰대' 특유의 밥맛 떨어지는 시선으로 여성들을 바라보지는 않았다. 타고난 능력에 아버지의 후원이 더해지자 옥봉의 재능은 만개했다. 옥봉은 특히 시에 뛰어났다. 조정만은 옥봉의 시를 다음과 같이 평가했다.

> 하늘의 기운을 얻었고 남의 작품을 따라 하지 않았다. 한가로우면서도 예스럽고 우아했으며 음조는 맑았다.

어린 시절에 쓴 시를 소개하면 더할 나위가 없겠지만 전해지는 작품이 없다. 가장 이른 시기의 작품을 아쉬운 대로 인용한다.

> 옥봉이 작은 연못에 잠기고
> 물 위엔 곱디고운 달
> 원앙새 한 쌍

거울 속 하늘로 날아서 내린다.

옥봉은 '옥으로 된 깨끗한 봉우리'라는 뜻이다. 실제 지명일 수도 있고 옥봉 스스로 생각하는 자신의 모습일 수도 있다. 원앙새 한 쌍은 옥봉과 조원, 혹은 옥봉이 상상하는 이상적 연인이다. 어떻게 보느냐에 따라 완성 시기는 달라질 터. 맑고 투명한 느낌의 시라 '한가로우면서도 예스럽고 우아했다.'는 평이 크게 어긋나지는 않아 보인다. 내친김에 옥봉 시에 대한 평가를 조금 더 살펴보고 넘어가자.

조선 전기 최고의 문학평론가 허균은 '연지 찍고 분 바르는 말들이 아니다.'라고 평했다. 여성의 시처럼 보이지 않는다는 뜻으로 대단한 칭찬이다. 참고로 〈해동역사〉라는 책에서는 옥봉과 난설헌의 친분이 제법 깊다고 소개되어 있으나 난설헌의 동생 허균은 둘의 관계에 대해 따로 언급한 적이 없다. 둘이 친했다면 허균의 성격으로 보아 어떤 식으로든 언급하지 않았을까? 그렇지만 두 사람이 세상에 비슷한 인상을 준 건 사실이었다. 조원과 가까웠던 윤국형도 이 두 사람을 함께 다루었다. '규수로서는 허씨(난설헌)가 가장 뛰어났고 이봉의 서녀(옥봉)도 시를 잘 짓기로 명성이 높았다.'는 평이 바로 그것이다. 신흠과 홍만종은 옥봉을 부녀자 중 최고로 꼽았다. 이들 평을 종합해 보면 옥봉과 난설헌을 조선 전기 최고의 여성 시인으로 뽑아도 무리는 없어 보인다.

매일매일 시를 쓰며 시인의 길을 착실히 밟던 옥봉은 십대 중반의 나이에 일생일대의 중요한 결정을 한다. 아버지 이봉에게 결혼 의사를 밝힌 것이다. 여기에 대해 조정만은 이렇게 썼다.

> 명망이 높고 성품이 빼어난 사람을 구해 그를 따르고자 했다.

10대 중반, 조선 시대의 여성이 슬슬 장래를 결정할 나이이기는 하다. 사임당은 19세에, 난설헌은 15세에 결혼을 했다. 그들과 옥봉 사이에 큰 차이가 하나 있음은 먼저 짚고 넘어가야 한다. 사임당과 난설헌이 명문가의 딸이었던 반면 옥봉은 어머니의 신분도 알려지지 않은 미천한 서녀였다. 서녀는 같은 부류인 서자와 결혼해 사는 것이 보통이었다. 하지만 조정만이 쓴 글을 보면 옥봉이 원한 건 서자가 아니라 '명망이 높고 성품이 빼어난 사람', 즉 명문가의 선비였다. 의문이 생기는 건 당연하다. 그런 훌륭한 남자들이 과연 서녀 옥봉과 결혼을 하겠는가? 가능성이 전혀 없지는 않았다. 정처가 아닌 소실로 들어가는 방법이 있었다.

소실의 딸인 옥봉이 소실로 사는 어려움을 몰랐을 리는 없다. 잘 알고 있으면서도 자신의 입으로 소실로 들어가겠다고 밝힌 이유는 무엇일까? 형식이 아닌 내실을 택한 것이었다. 다시 말하면, 신분에 어울리는 사람과 결혼해 그럭저럭 만족하면서 사는 게 아니라 신분은 달라도 자신과 마음이 통하는 사람을 골라서 제대로 살겠다는 의지를 밝힌 것이나 마찬가지였다. 옥봉의 성격을 짐작할 수 있는 장면이다.

옥봉의 의사가 확고한 것을 확인한 이봉은 적합한 상대를 찾았고 조원이 레이더망에 걸려들었다. 조원은 당대에 소문난 수재였다. 천재 중의 천재 이이가 생원시에서 장원을 차지했던 바로 그해에 조원은 진사시에서 장원을 차지했다. 29세 때 대과에 급제했으며, 32세 때는 사간원 정언, 33세 때는 이조좌랑이 되었다. 핵심 관직만 거쳤으니 별 탈만 나지 않는다면 출세는 보장된 거나 마찬가지였다. 게다가 조원은 용모와 성품도 훌륭했던 모양이다. 일찍이 조식은 자신에게 인사를 온 조원을 보고는 '아름다운 선비'라며 감탄을 했다고 한다.

이봉이 조원에게 접근한 건 조원의 나이 32세, 혹은 33세 때의 일로 추측한다. 처음에 이봉은 다른 사람을 거치지 않고 곧바로 조원을 만났는데 그 자리에서 거절을 당하고 말았다.

상대가 만만치 않음을 깨달은 이봉은 그제야 연줄을 찾아 나섰고, 그렇게 해서 연결된 사람이 바로 경기도 관찰사를 역임한 조원의 장인 이준민이었다. 이준민은 조원을 불러 직접 설득에 나섰다. 현대를 사는 우리가 받아들이기에는 무척 난감한 장면이다. 장인이 사위에게 소실을 들이라고 요청하고 있으니 말이다. 양반이 소실을 들이는 게 흠이 되지 않던 시절이라는 것만 짚고 넘어가기로 한다. 조원은 '아직 연소한 관원'이라서 —조원의 나이를 삼십 대 초반으로 추측한 이유이다— 거절했으나, 평소 존경하던 장인이 계속 권하자 결국은 수락했다. 이렇게 해서 18세, 혹은 19세의 옥봉은 조원의 소실로 제2의 인생을 시작하게 되었다.

처음에는 미적거리며 까다롭게 굴었던 조원이었으나 결혼 후에는 옥봉을 무척 아꼈다. 여러 이유 중 외모가 빠질 수는 없겠다. 옥봉은 꽤 아름다운 여인이었던 것 같다. 결혼 후 옥봉을 본 이준민은 '용모 또한 재주와 같이 빼어났다.'는 직설적인 평을 남겼고, 조원의 친구 윤국형은 시를 짓는데 몰두한 옥봉을 보고는 다음과 같이 썼다.

옥봉은 시를 읊고 생각하는 동안에 손으로 흰 부채를 부치면서 때로는 입술을 가리기도 했다. 목소리가 맑고 처절해서 이 세상 사람 같지 않았다.

윤국형은 목소리에 대해서만 언급했지만, 옥봉의 외모에 반하지 않고서는 쓸 수 없는 평이라고 보아야 할 것이다.

조원은 옥봉의 시 짓는 재능 또한 무척 아꼈다. 병마사가 된 신립에게 보낼 시를 옥봉에게 쓰게 했던 것은 그 좋은 예다. 두 사람이 함께였던 시절의 여러 일화마다 옥봉의 시와 문장은 빠지지 않고 등장한다. 가장 널리 알려진 일화부터 살펴보자. 조원이 잠시 관직에서 물러나 있을 때의 일이다. 어떤 이가 글을 좀 보내 달라는 편지를 보냈다. 따로 지어놓은 글이 없었던 조원은 "없는 것을 어떻게 주나?" 하고 투덜거리듯 혼잣말을 했다. 그 말을 들은 옥봉은 곧바로 다음과 같은 구절을 썼다.

어찌 남산 스님에게 빗을 달라고는 안 하십니까?

스님에게 빗이 있을 리 있겠는가? 교묘한 문장으로 상대의 사정도 모르고 조르듯 글을 달라고 한 이를 힐난하고 있다. 이 편지를 받은 이는 꽤 머쓱했을 것이다. 조원의 마음을 대변한 시는 그 외에도 여러 편 있다. 승승장구하던 조원이 이조좌랑에서 밀려나 외직인 괴산군수로 발령을 받자 옥봉은 분개하는 마음으로 시를 지었다.

낙양의 가의는 재주도 많았지
거짓으로 미쳤으니 안타깝네
한번 임금 곁을 떠나면
누가 장사 땅에 있음을 알까?

전한의 가의는 뛰어난 능력을 지닌 이였으나 주변 이들의 모함으로 머나먼 장사로 좌천되었다. 시의 내용은 명확하다. 재주 많은 조원 또한 가의와 같은 시련을 겪고 있다는 뜻이다. 조원이 삼척 부사 시절에 옥봉이 쓴 시 또한 비슷하다.

마음은 임금 곁에 있으나
몸은 바닷가에 있네
상심의 눈물 막을 길 없고
나라를 떠난 슬픔 감당하기 어렵네

조원과 윤국형이 만난 자리에서 지은 시를 한 편 더 보자.

오랜 친구인 두 사람의 처지는 비슷했다. 중앙에서 밀려난 조원은 어느덧 지방 관직을 전전하는 신세가 되었고 승정원 소속이던 윤국형 또한 상주 목사로 좌천되었다. 옥봉은 두 사람을 한꺼번에 위로하는 시를 쓴다.

손으로 역린을 잡는 위태로운 길
지방관으로 편히 사는 것도 임금님의 은혜

겉으로 보면 지방관의 처지에 만족하고 살라는 내용처럼 보이나 자세히 뜯어보면 유능한 두 사람을 지방관으로 보낸 임금을 은밀하게 비난하는 마음이 담겨 있었다. 두 사람은 섬뜩하면서도 만족스러운 기분을 느꼈으리라.

이렇듯 용모와 재능이 뛰어난 옥봉을 조원은 부임하는 곳마다 데리고 다녔다. 그만큼 옥봉을 아꼈다고 생각할 수 있겠다. 그런데 조금은 다른 해석도 가능하다. 조원이 부사로 있던 삼척읍지에는 옥봉이 부기(府妓), 즉 삼척부 소속 기생으로 나와 있다. 엄연히 소실인데 왜 기생으로 표기한 것일까? 사실관계를 제대로 파악하지 않고 쓴 기록이 분명하지만 다른 해석도 가능하다. 사람들이 보기에 옥봉의 역할은 기생과 조금도 다르지 않았다는 뜻이다. 조원이 옥봉을 높이 평가했던 두 가지 이유를 다시 살펴보자. 외모와 시 짓는 재능이다. 사실 이 두 가지는 기생들이 갖추어야 할 기본 덕목이기도 하다. 부임지마다 데리고 다녔다는 것에 대해서도 다시 생각해보자. 왜 조원은 정처가 아닌 소실을 데리고 다녔을까? 정처와 소실이 해야 할 일이 달랐기 때문이다. 정처는 집안의 여주인으로 안살림을 돌보는 이였고, 소실은 집안의 주인인 남자의 뒷바라지를 하는 이였던 것. 험지로 부임한 지방관들은 대개 현지처를 얻었고, 그들 대부분은 기생이었다. 심지어 유배를 당한 양반들도 현지처 없이는 살 수가 없었다. 강진으로 유배를 떠났던 대학자 정약용도 마찬가지였다. 그러므로 사정을 잘 모르는 삼척 사람들이 옥봉을 기생으로 적은 것도 무리는 아니었다.

조원과의 생활에 만족하고 행복해하던 옥봉도 세간의 시선은 잘 알고 있었다. 아무리 만족하고 행복해도 옥봉은 소실이었고 어떤 이의 눈에는 기생과 다를 바가 없었다. 그랬기에 옥봉은 어린 나이에도 불구하고 뛰어난 글씨로 이름을 날렸던 조원의 친아들에게 다음과 같은 이상한 시를 써서 주었을 것이다.

어린 나이로 절묘한 재주를 지녔으니
동방의 우리 모자 이름 드높네.

그대가 붓을 대면 바람이 놀라고
내가 시를 지으면 귀신이 운다네.

가장 눈에 띄는 건 '우리 모자'라는 표현이다. 이상한 시라고 한 이유이기도 하다. 과연 조원의 친아들(글씨를 잘 썼던 차남 희철로 추측한다)이 옥봉을 어머니로 여겼을까? 자신이 시를 지으면 귀신이 운다는 옥봉의 생각에 정말로 동의했을까? 혹여 겉으로는 그랬더라도 마음 깊은 곳의 사정은 달랐겠다. 그러나 우리에게 중요한 건 옥봉의 마음이다. 외부의 시선을 늘 의식하지 않을 수 없었던 옥봉에게 조원은 그야말로 유일한 버팀목이었을 것이다. 조원이 자신을 아끼는 한 그 어떤 어려움도 이겨낼 수 있으리라고 굳게 믿었을 것이다. 희철에게 어머니 운운한 것도 조원을 믿는 마음이 있기 때문이었다. 하지만 그것은 오로지 옥봉만의 완전한 착각이었음을 알려주는 사건이 발생한다. 조원과 윤국형이 만나 서로의 심사를 위로한 해가 1589년이었으니 그 이후에 일어난 일이다. 여기서는 1589년의 일이라고 생각하기로 하자.

삼척과 성주에서의 부사 임기를 끝마치고 서울로 돌아온 어느 날 관원들이 조원을 찾아왔다. 관원들이라니, 수상한 시절이라 당황한 조원에게 그들은 소장을 내밀었다. 조원은 소장의 내용은 대충 건너뛰었다. 끝에 붙은 시가 먼저 눈에 들어왔기 때문이었다.

세숫대야로 거울을 삼고
맹물을 기름으로 삼아 머리를 빗네.
첩의 몸이 직녀가 아닌데
제 남편이 어찌 견우일까요?

견우와 직녀는 뭐고 맹물과 세숫대야는 또 뭔가? 시를 읽고도 도무지 감을 못 잡는 조원에게 관원들이 친절하게 설명을 해주었다.

"며칠 전 소도둑을 체포했습니다. 그런데 오늘 아침 부인이라는 여자가 이 소장을 가지고 온 것이 아니겠습니까? 기발한 시라 흥미가 생겨서 사건을 다시 조사했더니 정작 소를 훔친 도둑은 따로 있더군요. 그래서 남편을 풀어주면서 부인에게 물었지요. 겉보기엔 무지렁이처럼 보이는데 어떻게 이런 놀라운 시를 썼느냐고요? 아, 그랬더니 그 부인의 입에서 이 댁 소실의 이름이 나오는 것 아니겠습니까? 그래서 과연 그러한지 확인이나 해보려고 들렀습니다."

확인하고 말 것도 없었다. 시에 쓴 비유가 비로소 이해가

갔다. 직녀, 견우 운운한 것은 이백의 작품에서 인용한 게 분명했다. 이 근방에 이백의 작품을 응용해 시를 지을 여자는 옥봉밖에는 없었다. 시 자체는 참 기발했다. 거울도 없고 기름도 없어 세숫대야에 얼굴을 비춰 보고 맹물로 머리를 단장하는 가난한 여인에게 어찌 소 치는 견우 같은 분에 넘치는 남편이 있겠냐는 의미였다. 다시 말하면 자신의 남편은 소와는 아무런 관계도 없는 사람이라는 의미였다. 조원은 시인의 얼굴이라도 슬쩍 보게 해 달라는 관원들의 짓궂은 닦달을 어렵게 물리친 후 옥봉을 불렀다. 조원이 화난 얼굴로 자초지종을 묻자 옥봉은 이상하다는 듯 고개를 갸웃하고는 이렇게 말했다.

"이웃의 어려움을 모르는 체하는 건 선비의 도리가 아니지요. 그래서 저는 제가 가진 작은 재주를 이용해 그들을 도운 것이고요."

말을 끝내고 빙긋 웃는 모습으로 보아 옥봉은 조원의 심사를 제대로 파악하지 못했음이 분명했다. 조원의 차가운 대답은 옥봉에게는 뜻밖이었다.

"나와 여러 해를 지내는 동안 그대는 실수한 적이 별로 없었지. 그런데 어찌 하찮은 이들을 위해 시를 지어주고, 또 감옥의 죄수를 풀어주는 일에 관여하여 세상의 이목을 집중시킨 것이오?"

조원의 어두운 얼굴을 보고서야 옥봉은 문제의 심각성을 깨달았다. 진지한 대처가 필요했다. 옥봉은 차근차근 변론을 했다.

"여태껏 시를 쓰면서 오늘같이 기쁜 적은 없습니다. 관아에서 소도둑을 심하게 다룬다는 걸 잘 아시지 않습니까? 진짜 도둑은 따로 있었다고 하니 제 시가 죄 없는 사람의 목숨을 구한 셈이나 마찬가지입니다. 비록 하찮은 신분의 사람이라 해도 목숨이 소중한 건 우리와 다를 바 없지 않겠습니까?"

"우리라니? 그대와 나를 말하는 것이오?"

"그렇습니다."

"어찌 감히 우리라고 부르는 것이오? 설마, 그대가 일개 소실이라는 사실을 아예 잊은 것인가? 도저히 안 되겠소. 어찌 감히 간사한 재주를 가지고 남자들의 일에 끼어들어 문제를 일으키는 것이오?"

옥봉은 조원의 말을 듣고도 잘 이해할 수 없었다. 지금까지 옥봉은 조원의 생각을 대변하는 시를 여러 번 써주었다. 조원은 그 시들을 읽고 자신의 마음을 자신보다도 더 잘 안다며 옥봉을 칭찬했다. 옥봉의 생각엔 오늘 일도 마찬가지였다. 조원 같은 바른 선비라면 죽을 위기에서 사람을 구해낸 일에 대해 칭찬을 해야 마땅했다. 그런데 조원은 지금 옥봉을 책망하고 있었다. 조원의 말이 이어졌다.

"지금 정계에서의 내 위치가 얼마나 위험한 상황인지 그대도 잘 알고 있을 것이오. 이런 시절에는 은인자중, 머리를 숙이고 입을 다물고 조용히 지내야 하오. 그런 마당에 관청의 일에 관여하는 시를 쓰다니 제정신이오? 나를 지켜보던 사람들이 가만히 있을 것 같소?"

"죄송합니다. 거기까지는 미처 생각을 못 했습니다. 앞으로는 조심하겠습니다."

"조심하고 말고 할 것도 없소. 우리의 인연은 이제 끝이오."

"네?"

"어찌 감히 일개 소실이…. 도저히 용서할 수 없소. 짐을 싸서 집으로 돌아가시오."

옥봉의 행복은 순식간에 끝이 났다. 옥봉은 눈물로 용서를 구했지만 한번 돌아선 조원의 마음은 바뀌지 않았다. 십여 년의 꿈 같은 행복이 깨지는 데에는 그저 십여 분이면 충분했다. 훌륭한 성품으로 유명했던 조원이 취한 행동이 워낙 갑작스러워서 이해하기 어려울 수도 있겠다. 조원의 성품에 대한 다른 증언이 있음을 밝힌다. 발언의 당사자는 바로 이이다. 이이는 조원을 '국량이 좁고 식견이 부족한 사람'이라고 평가했다. 이이의 인물평은 신랄하기로 유명했다. 그러나 없는 말을 지어서 하는 유형은 아니었다. 조원의 성품에 대한 해석은 여러분에게 맡긴다.

쫓겨나 집으로 돌아온 후에도 옥봉은 자신에게 일어난 일을 도무지 믿을 수가 없었다. 모든 게 한순간에 무너진 위태로운 상황에서 옥봉이 택한 건 역시 시밖에 없었다.

당신을 보러 오가는 꿈속의 넋이 자취를 남긴다면
문 앞의 바윗길은 벌써 모래로 바뀌었겠지요.

옥봉은 자신이 토해낸 시 구절이 마음에 들었다. 그리움이 가득한 시를 마음이 통하는 남자, 시를 아는 남자 조원에게 보냈다. 아무런 답도 오지 않았다. 몇 달을 더 기다려도 마찬가지였다. 이제 옥봉은 자신에게 닥친 현실을 인정할 수밖에 없었다. 여태껏 행복이라고 느낀 것은 실은 허공에 뜬 다리나 마찬가지였다. 불어오는 세찬 바람 한 번에 와르르 무너지는 꿈속 무지개 같은 허망한 다리! 옥봉은 32세가 된 지금에야 자신이 품었던 꿈이 실은 무지개보다 더 허망한 것이었음을 비로소 깨달았다. 왜 자신과 같은 부류의 이를 골라 만족하며 살지 않고 '명망이 높고 성품이 빼어난 사람'을 구하지 못해 안달했을까? 아니, 애초에 다른 이에게서 이해를 구한 것이 문제였다. 삶이란 결국 혼자서 살아나가는 것, 외로움과 슬픔을 감내하고 살아야 하는 아프고 쓸쓸한 그 무엇이라는 사실을 외면한 게 진짜 문제였다. 옥봉은 문을 걸어 잠갔다. 여태껏 참았던 눈물이 흘렀고 혼자라는 사실이 실감이 났다. 옥봉은 붓을 들었다. 혼자가 된 옥봉에게 진정한 벗은 오직 시뿐이었다.

이불 속에서 얼음처럼 차가운 눈물을 흘리네
밤낮으로 울고 또 울어도 아무도 알아주지 않네

옥봉은 32세가 되어서야 비로소 삶은 혼자 살아나가는 것임을 깨달았다. 모진 체험 끝에 쓸쓸하게 깨달았기 때문일까, 옥봉의 마지막은 비참했다. 몇 해 뒤에 임진왜란이 일어났고 옥봉은 그 와중에 세상을 떠났다. 조원은 살아남았다. 옥봉은 죽은 뒤에도 혼자였다.

이것으로 옥봉의 삶에 관한 이야기는 끝이 났다. 홀로 된 후 오래 살지 못하고 죽은 게 마음에 걸린다. 냉혹한 현실의 일이니 어쩔 수 없다. 그런데 마지막으로 해결해야 할 문제가 하나 더 있다. 조원의 고손자 조정만은 조원을 기리는 글 마지막에 왜 옥봉의 행적을 따로 넣었을까? 우리가 이해한 바에 따르면 조원은 옥봉을 내쫓았다. 다른 말로 하면 옥봉은 조원과는 아무 관련도 없는 사람이 되었다. 쫓겨난 소실 옥봉을 조원의 삶에 다시 편입시키는 건 조상에 대한 모독 아닐까?

이 문제를 해결하려면 조정만의 입장이 되어야 한다. 조정만이 옥봉에 대해 길게 설명한 이유는 옥봉에게 관심이 있어서가 아니었다. 조원을 기리는 데 옥봉의 이름이 도움이 된다고 판단했기 때문이다. 그렇다면 주제넘은 참견을 했다는 이유로 쫓겨난 옥봉은 어떤 식으로 조원에게 도움을 주었나? 조정만의 문장에 해답이 있다.

> 임진왜란을 만나 이씨는 절개를 지키다가 죽었다…. 전쟁 때에도 (쫓겨난 것을) 원망하지 않고 스스로 그 몸을 단정히 하고 그 정절을 보존했다. 그 결과 이름이 우리나라에만 퍼지지 않고 마침내 천하 사람들의 흠모를 받게 되었으니….

앞서도 언급했듯 허균과 신흠 같은 명문장가들은 옥봉의 시를 높게 평가했다. 안타까운 죽음의 사연까지 더해지자 옥봉의 이름은 중국까지 알려지게 되었다. 조정만은 이 과정을 지켜보았을 것이고, '천하 사람들의 흠모를 받는' 옥봉을 언급하는 것이 조원에게 도움이 되면 되었지 해가 되지는 않으리라 여겼을 것이다. 더군다나 조씨 가문은 소문난 효자 두 명을 이미 배출한 바 있었다. 조원의 장남과 차남인 희정과 희철이다. 임진왜란이 일어나자 조원은 선조를 수행하기 위해 홀로 떠났고, 남은 가족들은 철원으로 피난을 갔다. 공교롭게도 피난지에 왜적들이 닥쳤고 희정과 희철은 어머니를 지키기 위해 싸우다가 세상을 떠났다. 전쟁이 끝난 후 선조는 이들 형제의 희생을 기리는 쌍홍문을 선사했다. 이 쌍홍문이 있던 동네가 바로 지금의 효자동이다. 조정만의 생각은 단순했다. 효자를 배출한 조씨 가문에 열녀까지 있다면 금상첨화였다. 그런 이유로 옥봉은 죽은 후에야 조씨 가문에 꼭 필요한 존재가 되었던 것. 씁쓸함의 연속이다. '우리 모자'라고 불렀던 희철과 이러한 인연으로 엮일 줄은 옥봉도 예측하지 못했을 것이다.

그런데 딴지를 하나 더 걸자면 옥봉이 절개를 지켰다는 건 순전히 추측이다. 옥봉이 어떻게 죽었는지는 아무도 모른다는 뜻이다. 절개, 정절과 연관 지은 건 어쩌면 조정만의 창작일 가능성도 있다. 아무튼, 조정만이 가문을 위해 옥봉의 명성을 도용했다는 사실은 변하지 않는다.

살아 있을 때는 재액을 당했으나 죽은 뒤에는 썩지 않고 도리어

위대해졌으니 어찌 아름답지 않겠는가?

조정만은 ‘아름답지 않겠는가?’ 하고 외쳤으나 동의하기는 힘들다. 조원에게 버림받은 옥봉의 아픈 마음에 대한 헤아림은 눈곱만큼도 보이지 않는다. 비꼬아 말하면 일관성은 있다. 옥봉이 살아 있을 때 조원은 옥봉의 시를 자신을 위한 도구로 썼다. 옥봉이 죽자 조원의 후손은 옥봉의 죽음을 가문을 높이기 위한 도구로 썼다.

혹시라도 옥봉의 혼이 있어 이 모든 과정을 지켜보았다면 어떤 기분이 들었을까? 옥봉의 혼답게 시 한 편으로 응답했을까? 그렇다면 그 시는 어떤 내용이었을까? 죽은 후에라도 조원의 가문에 받아들여진 것을 기뻐하는, 순진한 열녀다운 시였을까, 아니면 앞 다르고 뒤 다른 조원 가문 사람들의 이중성을 능숙한 솜씨로 비판하고 흉보는 날카로운 시였을까? 여러분의 생각은 어떠한지 궁금하다.

4장

소녀,
이웃의 비참한 현실을
처음으로 목격하다

…

장계향

1607년 가을, 10세 소녀 장계향은 두 여인이 다투는 소리에 놀라 걸음을 멈추었다. 아버지 심부름을 하느라 들른 이웃 마을에서의 일이었다. 머리가 하얗게 센 할머니와 젊은 새댁이었다. 보면 볼수록 어딘가 기묘한 다툼이었다. 할머니는 "가야 한다니까." 하고 말하며 새댁의 손을 뿌리쳤고, 새댁은 "어딜 가신다고 그러세요."라고 말하며 할머니의 손을 잡았다. 뿌리치면 잡았고, 잡으면 다시 뿌리쳤다. 뿌리치고 잡기를 반복하던 두 사람은 어느 순간 그대로 바닥에 주저앉았다. 두 사람은 서로의 몸을 꼭 껴안고는 영원히 멈추지 않을 것 같은 진한 눈물을 흘렸다.

집으로 돌아온 계향은 몸종을 시켜 사정을 알아보았다. 두 여인은 시어머니와 며느리 사이였다. 얼마 전 집안에 큰일이 생겼다. 시어머니의 외아들이자 며느리의 남편이 갑작스럽게 멀고 먼 북쪽 국경지방으로 떠난 것이다. 병역의 의무를 다하기 위함이었다. 외아들을 떠나보낸 시어머니는 며칠 동안 통곡을 멈추지 않다가 아예 자리에 앓아누웠고, 며느리가 죽을 끓이는 사이 집을 뛰쳐나왔다. 시어머니의 머릿속엔 아들밖에는 없었다. 손을 휘적휘적 내젓고 총총걸음을 걸으며 쉴 새 없이 혼잣말을 내뱉었다.

"아들아, 아들아, 내 아들아, 조금만 기다려라. 이 어미가 지금 너에게 간다."

시어머니가 사라진 사실을 뒤늦게 안 며느리는 미친 듯 온 동네를 헤매다녔다. 계향이 본 건 며느리가 시어머니를 발견한 바로 그때였다. 시어머니는 아들을 보러 가겠다며 며느리를 뿌리쳤고, 며느리는 시어머니를 만류하기 위해 손을 잡고 놓지 않으려 했던 것. 어느 시점에선가 할머니는 정신을 차렸고, 두 사람은 주저앉아 서로를 품에 안고는 함께 울었던 것.

한숨 쉬며 이야기를 전하던 몸종이 나간 뒤 계향은 자기도 모르게 한숨을 이어받았다. 끔찍하고 놀라운 일이었다. 바로 이웃 마을에 사는 사람들이 그런 깊은 슬픔을 겪고 있다는 사실을 처음으로 알았다. 계향은 자신의 처지와 비교해보았다. 한양 거부처럼 풍족하다고까지 말할 수는 없었어도 무엇 하나 부족하다고 느낀 적 또한 없었다. 가족과 헤어진 경험도 없었다. 아버지는 유서 깊은 양반 가문의 자손이었으니까. 대대로 전해지는 넓은 땅을 소유하고, 친척 중에 급이 높은 관리 한 둘쯤 있는 양반들은 병역의 의무를 절대로 지지 않으니까. 계향은 참 다행이다 싶어 코를 찡긋하며 고개를 끄덕였다. 그런데 문득 이런 생각이 들었다.

'왜 우리 주변 사람들은 고통을 겪으며 사는 걸까?'

계향은 10세 소녀였다. 양반과 다른 계층 사람들의 차이를 분명하게 아는 것도 아니었고, 지주와 소작민의 의미를 제대로 설명할 수 있는 것도 아니었다. 병역 의무에 대해 특별한 생각이 있는 것도 아니었다. 다만 자신의 주위에서, 무엇인가 안타깝고 슬픈 일이 벌어지는 것만은 분명히 알았다. 계향은 한숨을 쉬었다. 늘 생기발랄하던 계향의 입에서, 웃음과 기쁨이 쏟아지던 입에서, 오늘따라 한숨이 연이어 터져 나왔다. 계향의 눈에 방 안에 놓인 족자가 들어왔다. 자신이 좋아하는 퇴계 선생의 도산십이곡 족자였다. 시를 따라 외우던 계향의 눈이 반짝 빛났다. 계향은 붓을 들어 재빨리 시 한 편을 썼다. 다 쓰고 난 후에는 새로 몇 줄의 글을 덧붙였다. 계향은 몇 번째인지도 모를 한숨을 쉬곤 자신이 쓴 글을 소리 내어 읽었다.

"이웃 마을 여인의 남편이 병역 의무 때문에 변방으로 떠나갔다. 노모는 기절했다가 겨우 정신을 차렸으나 거의 목숨을 잃을 뻔했다. 그들의 아픔이 몹시 마음에 걸려 고민하다가 시를 짓게 되었다."

계향은 1598년 안동에서 태어났다. 아버지 장흥효와 어머니 안동 권씨가 결혼한 지 18년 만에 얻은 첫 아이였다. 특별하지 않은 생명은 없는 법이지만 늦게 얻은 딸에 대한 부모의 기쁨이 남달랐음은 더 말할 필요가 없겠다. 김성일의 제자라는 빛나는 이력을 지닌 장흥효에 대해 간단히 소개한다. 장흥효는 학문을 위해 입신양명의 길, 즉 과거에 합격해 관리가 되어 자신과 가문의 부와 명예를 드높이는 삶을 일찌감치 포기한 사람이었다. 학자 장흥효에게는 책을 읽고 생각하고 글을 쓰고, 시간이 나면 아이들을 가르치는 일이 삶의 전부였다. 공부밖에 몰랐던 그가 하나뿐인 딸 계향에게 공부의 시작점인 천자문을 가르쳐준 것은 지극히 당연했다. 그런데 계향은 그 과정에서 장흥효를 여러 번 놀라게 만들었다. 계향의 학문 습득력이 범상한 수준을 훌쩍 넘어섰던 것. 어느 날인가는 혼자서 뭔가를 줄줄 외우기에 귀 기울여 들어보았더니 자신이 방에서 공부하던 〈근사록〉의 문장이었고, 또 어느 날인가는 가르치지도 않은 〈논어〉 구절을 노래처럼 불렀다. 서당 소년들이 외우는 걸 밖에서 듣고 단번에 자기 것으로 만들어버린 것이다.

소녀 계향의 총명함을 설명해주는 대표적인 일화가 전한

다. 당시 장흥효는 서당 소년들에게 '원회운세' 이론을 가르쳤다. 어렵게 말하자면 한없이 어려운 이론이고 나 또한 아는 바가 별로 없으므로 수박 겉핥기 수준에서만 설명하고자 한다. 원회운세는 주자가 존경했던 철학자 소옹이 우주의 무한한 시간을 설명하기 위해 만든 이론으로, 서른 해는 한 세가 되고, 열두 세는 한 운이 되고, 서른 운은 한 회가 되고, 열두 회는 한 원이 된다. 천지는 한 원을 주기로 열리고 닫힌다는 것이다. 장흥효는 소년들에게 그렇다면 한 원은 몇 해인지를 물었으나 소년들은 머리만 긁적일 뿐 단 한 명도 제대로 대답을 하지 못했다. 낙심한 장흥효는 자기도 모르게 소년들에게 언성을 높였고, 잔뜩 기분이 상한 채로 방으로 돌아와 계향을 불렀다. 계향에게 원회운세 이론을 대략 설명해주고 한 원이 몇 해인지를 물었다. 곧바로 대답이 나왔다.

"한 운은 360년이고, 한 회는 10,800년이고, 한 원은 129,600년입니다."

계향을 소개하는 기록 모두에 빠지지 않고 나오는 일화다. 계향의 나이에 대해서는 몇 가지 설이 있다. 10여 세라는 기록이 있는가 하면, 10세 미만이었다는 기록도 있다. 어찌 되었건 간에 방금 자신이 가르치던 소년들에게 실망하고 온 아버지 장흥효는 계향을 몹시 기특하게 여겼다고 한다.

이 일화는 보통 여기서 끝나지만 우리는 계향의 인척도 아버지도 아니므로 조금 삐딱한 시선으로 상세히 살펴볼 필요가 있다. 원회운세 이론을 제대로 이해하려면 주역과 상수학에 대한 깊은 이해가 있어야 하나 계향이 계산해 낸 숫자는 사실 곱하기를 알고 어느 정도 암산 능력만 있으면 누구나 할 수 있는 것이다. 서당 소년들이 곧바로 대답하지 못했던 이유는 아마도 처음 들어보는 엄청난 이론의 의미를 머릿속으로 이해하기에 바빠서였으리라. 우리의 계향은 10세 소녀였기에 영원을 말하는 이론에 압도되는 대신 눈앞의 숫자에만 집중했던 것일테고. 계향의 실력이 별로였다고 딴지를 걸려는 건 아니다. 계향이 그 당시로는 드물게 총명했던 소녀였던 사실만큼은 분명하지만 그렇다고 천재 중의 천재였다는 식의 뻔한 신화에 빠질 필요는 없기 때문이다. 계향에게 보다 중요한 건 그날 이후 장흥효의 본격적인 교육이 시작되었다는 점이겠고.

아침과 저녁, 시간이 나는 대로 마주 보고 앉아 직접 가르쳐 주셨다. 성현들의 격언은 늘 빠지지 않았다. 어머니(계향)는 온 정성을 다해 굳게 믿었고, 마음에 단단히 새겨두었다. 어머니는 믿고 새긴 것에 멈추지 않고 반드시 일상생활에 직접 적용했다. 즉 경험을 통해 익혀 나갔다.

계향에 관한 상세한 기록을 남긴 아들 이현일의 글에는 오해의 여지가 있다. 장흥효가 여성으로서 행해야 할 실제적인 지침들만 가르쳐준 것처럼 적었다. 그러나 이는 공부하는 여성들에 대한 인식이 무척 좋지 않았던 조선 후기의 시대적 정서가 반영된 것으로 보아야 한다. 이 시기에 계향이 쓴 시들을 보면 문학과 경전 수업 또한 착실히 받았음을 알 수 있다. 계향이 쓴 최초의 시는 '성인음'인데 10세 전후의 작품으로 추측된다.

성인 계시던 시절에 태어나지 않아
성인의 모습은 뵙지 못하네.
성인의 말씀은 들을 수 있으니
성인의 마음을 볼 수 있네.

한시에는 문외한인 데다가 성리학이 지겹도록 강조하고 또 강조하는 '성인'의 의미에 대해서도 별다른 지식을 갖추지 못한 처지이니 이 시에 담긴 사상과 기교의 수준을 정확히 평가하기는 어렵다. 그러나 10세 전후라는 나이를 감안하면, 계향 나이 때의 요즘 아이들이 한시는커녕 동시도 짓기 어려워한다는 현실을 생각하면, 고개를 끄덕이며 감탄해도 좋으리라. 감탄으로 끝내면 참 좋겠지만 성격이 비뚤어진 탓에 왠지 또 트집을 잡고 싶어진다. 사실 이 시에는 함정이 있다. 퇴계 선생의 도산십이곡 중 제3곡과 무척 비슷한 것이다. 원본인 퇴계 선생의 시다.

고인도 날 못 보고 나도 고인 못 뵈어
고인을 못 뵈어도 예던 길 앞에 있네.
예던 길 앞에 있거든 아니 예고 어쩌리.

예던 길은 가던 길이다. 교과서에도 나오는 시이니 그밖에 구구한 설명은 하지 않기로 한다. 물론 계향이 퇴계의 시를 의식적으로 베꼈다는 뜻은 아니다. 성리학의 목표가 노골적으로 드러나는 교훈적인 시들은 대부분 비슷한 느낌, 어디선가 읽어본 듯한 데자뷔의 느낌을 주기 때문이다. 물론 계향이 퇴계의 시를 참조했을 가능성은 무척 높다고 본다. 장흥효의 스승 김성일은 퇴계의 수제자였으므로 계향이 퇴계를 존경한 건 지극히 당연한 일이었다. 도산십이곡 족자가 계향의 방에 있었다는 건 순전히 상상이지만 개연성은 차고 넘친다고 본다. 이즈음 계향이 지었다고 전해지는 또 다른 시 '경신음'을 읽어보면 '비슷한 느낌, 어디선가 읽어본 듯한 데자뷔의 느낌'이 무엇을 말하는지 더 확실해진다.

> 내 몸은 부모님이 주신 몸
> 어찌 내 몸을 공경하지 않겠는가?
> 내 몸을 욕되게 하는 건
> 부모님의 몸을 욕되게 하는 것.

'성인음'과 '경신음'의 문학적 수준에 고개를 살짝 갸웃할 수도 있겠다. 문외한의 솔직한 감상을 말하자면 두 시 모두 문학적 차원에서 진지하게 논하기는 어려울 것 같다. 그렇다면 '학발시'는 어떨까? 거리에서 함께 울던 할머니와 며느리의 사정을 알고 난 후에 썼던 바로 그 시다. 참고로 학발(鶴髮)은 학의 털처럼 하얗게 센 머리카락을 뜻한다.

> 하얗게 센 머리, 병들어 누웠는데
> 아들은 만 리 밖으로 떠났다.
> 만 리 밖으로 떠난 아들
> 언제 다시 돌아올까?
> 하얗게 센 머리, 병은 깊어만 가는데
> 서산의 해는 저물어 간다.

두 손 모아 하늘에 빌어도

하늘은 그저 아득.

하얗게 센 머리, 간신히 일어나

쓰러지면 다시 일어나 아들을 찾는다.

그립고 애절한데

옷자락 떨치며 떠났으니 이를 어찌할까?

괄목상대라는 고사성어가 절로 떠오른다. 확실히 '성인음'과 '경신음'과는 차원이 달라 보인다. 옛사람들의 반응도 비슷했다. 훗날 정조는 이 시를 직접 구해서 읽었고, 체제공은 "시경 삼백 편 중에 여인의 작품도 많지만 '학발시' 같은 명작은 없었다."라고 극찬을 아끼지 않았다. '성인음'과 '경신음'이 책을 읽고 느낀 점을 솔직하게 쓴 모범생의 독후감 같은 수준의 시였다면 '학발시'는 계향이 직접 느낀 삶의 불공평성에 대한 최초의 의문을 문학적 향기 가득한 시로 옮긴 것이다. 시가 성취한 수준도 수준이지만 시를 쓴 배경 또한 의미심장하다. 미리 말하자면, 이후 계향의 삶은 10세 시절에 처음 느낀 삶의 불공평성에 대한 의문을 심화하고 해결해가는 과정이었다고 생각한다.

앞으로 나아가기에 앞서 이 시기 계향이 이루었던 또 다른 신화적인 성취를 언급하고 넘어가는 게 좋겠다. 어느 날 아버지의 친구인 정윤목이 찾아왔다. 오랜 벗과 즐겁게 이야기를 나누던 장흥효는 소동파의 대표작 적벽부를 옮겨 쓴 붓글씨 한 점을 슬쩍 내밀며 글씨의 수준이 어떠한지를 봐달라고 부탁했다. 정윤목이 깜짝 놀라면서 이렇게 물었다.

"글씨의 형세가 호탕하고 굳세네. 조선 사람이 이렇게 쓸 수는 없지. 혹시 중국 사람의 작품인가?"

속으로 기쁨의 함성을 지른 장흥효가 겉으로는 애써 아무렇지도 않은 표정을 짓고 계향의 이름을 언급하자 정윤목이 놀라 입을 막았다는 뭐, 그런 종류의 이야기다. 통속적인 느낌이 없지 않기는 하나 우리의 10세 소녀 계향이 글씨 또한 천재 수준으로 잘 썼다는 사실을 확인할 수 있는 대목이라는 점이 중요하다. 신화나 전설처럼 들리는 이 일화는 우리나라의 화가와 서예가를 총망라한 책 〈근역서화징〉에도 당당히 실려 있다. 그런데 정작 놀랄 일은 그다음이다. 시와 글씨로 어린 시절에 이미 불멸의 명성을 얻은 계향이 19세 무렵 그 두 가지를 완전히 포기해버렸다는 사실이다.

> 시를 짓고 글을 쓰는 것은 여자의 일로 마땅하지 않다고 생각하여 마침내 끊어버리고 더 하지 않으셨다.

자신이 남보다 잘하는 일을, 그것도 엄청나게, 천재적으로 잘하는 일을 결심 한 번으로 쉽사리 포기하는 게 과연 가능한 일일까? 남녀유별을 강조하는, 즉 남성은 자기 수양과 입신양명에 매진하고, 여성은 남성이 뜻을 이루도록 알뜰살뜰한 뒷바라지를 해야 한다는 식의 근본주의 성리학이 득세하던 시절이었다고는 해도 이건 좀 심하지 않은가? 그런데 19세 소녀 계향은 그렇게 했다. 심지어 누가 압력을 가한 것도 아닌데 스스로 결정을 내렸다. 계향의 단호한 성격을 알 수 있는 장면이다. 실제로 이 시기 이후 계향이 쓴 시와 글씨는 거의 전해지지 않는다. 그렇다면 이렇게 질문해야 할 터. 19세 소녀 계향은 자신의 장기인 시와 글씨를 왜 단번에 포기해 버렸을까? 성리학적 원칙을 지키기 위해서였을까? 꼭 그렇지는 않다. 성리학이 배경 역할을 했겠지만 실은 두 가지 사건이 결정을 내리는 데 중요한 역할을 했다고 나는 본다.

첫 번째 사건은 어머니와 관련이 있다. 어머니 안동 권씨가 중병에 걸려 앓아누운 것이다. 장티푸스라는 설도 있는데 확실하지는 않다. 병명이야 어찌 되었건 양반가의 무남독녀로 이렇다 할 어려움을 겪지 않고 자란 계향이 겪은 심각한 위기임에는 분명했다. 어머니의 와병은 또 다른 문제를 가져왔다. 집안 살림을 맡아 할 사람이 없어진 것이다. 아버지는 인근에서 존경을 받는 선비였기에 손님이 많았고, 유서 깊은 가문이었기에 부유하지는 않아도 살림 규모는 제법 컸다. 어머니가 앓아누웠으니 집안의 다른 여성, 즉 아직 어린 계향이 안주인 노릇을 해야만 하는 상황이었다. 계향은 자신의 역할을 두려움 없이 받아들였다. 19세 소녀의 나이로 임시 안주인이 되어 손님을 맞고 집안의 대소사를 지휘하는 일을 도맡아서 했다. 실무를 처리하는 종들이 있다고는 해도 위에서 제대로 관리하지 않으면 엉망진창이 되어 버릴 수 있는 일이었다. 아버지를 비롯한 모든 이가 걱정했으나 계향은 뜻밖에도 별 어려움 없이 맡은 일을 잘 처리해냈다. 또 하나, 이때부터 계향은 요리를 본격적으로 배웠다. 대대로 내려온 집안의 입맛을 남에게 맡겨서는 안 되었기 때문이다.

두 번째 사건은 계향 본인에게 일어났다. 계향은 19세의 나이에 이시명과 결혼했다. 이시명은 안팎의 존경을 받던 선비 이함의 셋째 아들로, 학문과 인품이 뛰어났으니 격이 맞는 상대였다. 허나 사정을 자세히 들여다보면 꼭 그렇지는 않았다. 이시명은 한 번 결혼했던 사람이다. 전 부인과는 사별했고 아들까지 있었다. 지금 같으면 펄쩍 뛸 일이었겠으나 계향에게는 전혀 문제가 되지 않았다. 주선자가 바로 아버지 장흥효였기 때문이다. 장흥효는 오랜 시간 이시명을 가르쳤고 제자의 인간

됨됨이를 높이 샀다. 흠이 있다며 꺼리고 미안해하는 이시명을 설득한 사람도 바로 장흥효였다. 결혼한 계향은 시부모, 남편, 그리고 전처가 낳은 두 아들과 함께 살게 되었다. 천만다행인 건 어머니의 병이 다 나아서 안심하고 친정을 떠날 수 있게 되었다는 점이었다.

어머니의 병, 그리고 계향 본인의 결혼은 삶의 방향을 완전히 바꾸었다. 한 집안의 사랑받는 딸에서, 법도를 지키면서 살아야 하는 안주인, 혹은 며느리, 혹은 어머니로 변신한 것이다. 변신은 쉽지 않은 법이다. 계향은 이 두 가지 사건을 겪으면서 시와 글씨, 그리고 책을 읽으며 교양을 쌓는 일, 즉 그전까지 자신을 기쁘게 한 일을 완전히 포기해 버렸다. 계향에게는 우선순위가 확실히 정해져 있었다. 안주인과 며느리와 어머니의 책임이 개인적인 성취보다는 훨씬 더 중요했다. 상징적인 일화가 하나 있다. 여섯 살 상일의 스승은 2킬로미터 정도 떨어진 옆 마을에 살았다. 계향은 상일을 그곳까지 업고 다녔다. 하인들에게 시킬 수도 있었으나 직접 했다. 자신이 어머니임을 스스로와 상일에게 인식시키기 위함이었다. 계향의 결심이 어느 정도로 굳었는지를 보여준다. 그런데 이 과정에서 놀라운 일이 일어났다. 10세 때, 즉 '학발시'를 쓰던 시절부터 계향의 마음속에서 떠나지 않았던 고민이 어느새 해결된 것이다. 고민을 해결하는 데 도움을 준 사람은 뜻밖에도 시아버지 이함이었다.

이함은 학문과 인품이 모두 뛰어난 사람이었다. 남들은 한 번도 어려운 대과에 무려 두 번이나 급제했다는 특이한 이력이 학문의 수준을 말해준다면, 어려운 이들을 구제하는 일에 시간과 재산을 쏟아부었다는 사실은 인품의 수준을 알려준다. 사람의 앞일이란 참 알 수 없는 법이다. '학발시'를 쓰면서 어려운 사람들의 삶에 처음으로 눈을 떴던 계향이 다른 사람이 아닌 이함을 시아버지로 만났다는 것은 어찌 보면 운명처럼 느껴지기도 한다. 이함의 베푸는 삶은 그 유래가 오래되었다. 임진왜란이 일어났을 때 창고의 곡식을 풀어 굶주린 이들에게 나눠준 것이 시작이었다. 전쟁이 끝난 뒤로도 구제 사업은 끊이지 않고 이어졌고, 화끈한 구제로 나눠줄 곡식이 부족해지자 종들과 함께 도토리를 주워두었다가 다음 해 봄에 곡식 대신 나눠주기도 했다.

이함을 만나면서 계향은 10세 이후 자신을 괴롭혔던 의문의 해결책을 비로소 찾게 되었다. '왜 우리 주변 사람들은 고통을 겪으며 사는 걸까?' 하는 의문 말이다. 여태껏 계향은 문제 자체만 골똘히 생각해왔고 머리가 아프도록 고민하고 또 고민하면서도 쉽사리 답을 얻지 못했다. 계향은 이함을 만나

이야기를 나누면서 깨달았다. 중요한 건 주변 사람이 고통을 겪는 이유를 알기 위해 생각하고 또 생각하는 게 아니라 그 고통을 해결해 줄 수 있는 실제적인 방법을 찾는 것이라는 사실 말이다.

이함의 구제 사업을 도우며 아직 20세도 안 된 계향은 전과는 완전히 다른 사람이 되었다. 결혼 전까지의 계향이 시와 글씨를 쓰며 삶의 의문에 대한 해결을 머릿속으로만 모색하던 소녀였다면, 결혼 이후의 계향은 시와 글씨를 포기하는 대신 실천하는 삶을 살게 되었다. 포기했더니 도리어 더 많이 얻었다고 말할 수 있을까? 청출어람이라는 말 그대로 계향은 심지어 어떤 면에서는 이함을 능가하기도 했다. 가난한 이들은 입을 옷이 없는 경우가 많으니 베옷을 제공하고, 모든 이들이 다투지 않고 똑같은 양의 곡식을 가져갈 수 있도록 일정한 크기의 곡식 주머니를 만들어 놓자는 등 이함이 미처 하지 못했던 여러 좋은 생각들을 차례로 내놓아 이함의 마음을 기쁘게 했다. 구제 사업을 삶의 동반자로 새롭게 받아들인 계향의 모습은 기록 곳곳에 모습을 드러낸다.

> 가마와 솥을 밖에 걸어 놓고 죽을 만들어 오는 사람마다 배불리 먹였다. 의지할 곳 없는 불쌍한 이들이 찾아와 집안 곳곳에

머물렀다.

고아, 홀아비, 과부, 나이 들어 의지할 사람이 없는 이들이 있으면 언제 어디서건 불쌍히 여겨 도움을 베풀었다. 자신의 근심과 걱정은 드러내지 않았다. 가난하거나 어렵다는 이유로 도움을 게을리한 적이 단 한 번도 없다는 뜻이다.

음식이나 의복을 주고는 누가 보냈는지 알 수 없도록 세심하게 조치했다. 그러나 선행은 감출 수 없는 법이다. 이웃의 노인 중 그 덕에 감화받지 않은 사람이 없었다.

계향의 남을 돕고 사는 삶이 더욱 빛나는 것은 집안에서 일하는 종들에게까지 그 마음 씀씀이가 두루 미쳤다는 사실이다. 남에게 보이기 위한 선행, 즉 가문의 위신을 세우기 위한 구제나 선행이 아니라 어려운 사람의 삶을 돌보는 행위 자체를 중하게 여겼다는 사실을 알 수 있는 대목이다. 집안 여종에게 병이 나자 계향은 직접 죽을 끓여 돌보아주었고 자신이 그동안 제대로 돌보아주지 못해 병에 걸렸다며 오히려 미안해했다. 가난한 이들에게 나눠줄 베옷을 만들기 위해 늦도록 베틀에 앉아 있던 여종이 조는 바람에 불이 난 적이 있었다. 짜고 있던 베가 다 타버리자 여종은 혼쭐이 날까 싶어 눈물을 줄줄 흘리며 몸을 떨었다. 계향은 화를 내기는커녕 여종이 괜찮은지부터 살폈다고 한다. 사정이 이러했기에 다음과 같은 글이 남아 있는 것이 조금도 이상하지 않다.

종들이 저절로 감화되어 고개를 숙였다. 그들 스스로 늘 행동에 조심하면서 마음으로 따랐다. 이웃집의 종들과 동네 하인들은 아예 이렇게 말하고들 다녔다.

"우리가 그 집 노비였다면 얼마나 좋았을까?"

현일이 어머니에게 귀에 못이 박히도록 듣고 또 들었다면서 적은 한마디의 말은 어른이 된 19세 이후 계향의 삶을 지탱해왔던 일관된 원칙을 다시금 알려준다.

너희들이 글 잘한다는 소리를 듣고 있는 건 안다. 솔직히 말해 나는 그 점을 높이 평가하지 않는다. 내가 원하는 건 너희들이 한 가지 선행을 했다는 소식이다. 그 말을 들으면 나는 곧바로 기뻐하며 내 마음속에 그 말을 오래 간직하겠다.

구제 사업이라는 적극적인 실천을 통해 어릴 적부터 품어왔던 고민을 해결하고 새로운 삶의 의미를 깨달았다고는 하나 그래도 계향이 시와 글씨를 버린 선택에 대해서는 여전히 안타까워하는 시선이 있을 수 있겠다. 그런 이들에게는 이렇게 말하고 싶다. 사실 계향은 시와 글씨를 버리지 않았다고, 아니 버린 적도 없었다고. 무슨 말이냐고? 앞에서 한 말과 완전히 다르지 않냐고?

다르지 않다. 사실 처음에는 나도 그것들을 버렸다고 생각했다. 자세히 보니 그렇지 않았다. 계향은 시와 글씨를 계속 쓰고 있었다. 실천을 통해 여전히 시와 글씨를 손에서 놓지 않고 있었다. 계향은 현일에게 성인의 의미에 대해 다음과 같이 말했다.

> 성인이 보통 사람과는 다른 특이한 성품을 갖고 태어난 이라면 우리 중 그 누구도 성인처럼 되기를 바랄 수도 없고 미칠 수도 없을 것이다. 하지만 내 생각에 성인의 겉모습과 쓰는 말은 일반 사람과 차이가 없으며 성인이 행한 것도 실은 사람들이 일상생활에서 하는 일들이다. 그렇다면 이렇게 말해야 하리라. 사람들은 왜 성인을 배우지 못함을 걱정하는가? 진실로 성인을 배우려 한다면 배우는 데에 무슨 어려움이 있겠는가?

이 말은 계향이 10세 전후에 썼던 '성인음'과 판박이다. 앞서 살폈듯 '성인음'은 독창적인 작품은 아니었다. 퇴계 선생의 시에서 영감을 받아 쓴 시였고, 몸이 아닌 머리로 쓴 시였다. 하지만 지금 계향이 한 말은 어떤가? 똑같은 말일지라도 깨달은 경로는 전혀 다르다. 실천하는 삶을 통해 몸 전체로 깨달은 성인의 의미인 것이다. 그러므로 계향은 시와 글씨를 포기하지 않았다! 계향에겐 삶 자체가 시이고 글씨였다! 계향의 시와 글씨는 해가 갈수록 더 능숙해졌고, 더 아름다워졌고, 더 빛이 났다!

정리해보자. 왜 어떤 사람들의 삶은 다른 이들보다 어려운가 하는 고민은 계향 나이 10세 때 처음 시작되었다. 좀처럼 해결할 수 없는 고민이었다. 계향은 공부를 통해 그 답을 얻고자 노력했으나 대답은 다른 곳에서 찾았다. 어머니의 병, 그리고 결혼을 통해 베풀고 실천하는 삶에 입문했고, 그 과정에서 삶의 진정한 의미를 깨달았다. 남을 돕는 것이 자신이 늘 꿈꾸던 성인의 삶을 일상생활 속에서 구현하는 유일한 방법이라는 계향의 깨달음은 살아가는 내내 변하지 않고 유지되었다. 현일이 남긴 글이 그 증거이다.

어머니는 하늘에서 받은 성품이 원래부터 두터웠다. 거기에 학문

> 의 힘이 더해졌으니 어머니의 사랑과 안타까워하는 마음, 착함을 즐기고 의로움을 좋아하는 마음은 젊어서부터 노년에 이르기까지 언제나 한결같았다. 노년기에 이르자 몸이 쇠약하고 초췌하여 젊은 날처럼 부지런하기 어려웠다. 다른 것에는 생각이 미치지 못해도 오직 사람을 착하게 인도하는 뜻만은 단 한 번도 줄어든 적이 없었다.

계향은 흔히 〈음식디미방〉이라는 요리책의 저자로, 혹은 유학자 이현일의 어머니로 알려져 있다. 하지만 이제 그 인식을 바꿀 때가 되었다. 구제 사업에 눈을 뜬 어른이 된 후 계향의 삶의 목표는 단 하나였다. 처음부터 끝까지 실천하고 베푸는 삶, 오직 그것 하나뿐이었다. 그러니 우리도 계향을 선행의 실천자로 불러야 옳겠다. 또 하나, 계향은 시와 글씨를 한 번도 포기하지 않았다는 점도 기억해야 한다. 겉으로는 포기한 것처럼 보였는데 자세히 들여다보니 실은 삶 전체가 시와 글씨였다는 사실 또한 잊지 말자. 계향의 계(桂)는 신령한 계수나무, 향(香)은 향기로움을 뜻한다. 계향의 삶을 잘 드러내는 훌륭한 이름이다. 신령한 계수나무의 향은 우리의 계향을 평생 떠나지 않았다.

5장

소녀,
죽음으로
저항하다

…

박향랑

1702년 9월 6일, 강이 잘 보이는 곳에서 나무하던 소녀 앞에 젊은 여인이 나타났다. 소녀는 분주히 움직이던 손을 잠깐 멈추고 여인을 바라보았다. 여인은 울고 있었다. 소리는 내지 않으려 애썼으나 얼굴엔 이미 눈물 자국으로 얼룩이 졌다. 소녀는 고개 숙이고 자신을 지나치려는 여인의 손을 잡았다. 돌아보는 여인에게 말했다.

"잠깐 앉아서 마음을 다스린 후 가시는 게 좋겠습니다."

여인이 소녀를 쳐다보았다. 의아했던 표정이 따뜻한 웃음으로 바뀌었다. 여인이 얼굴을 훔치며 말했다.

"행동이 의젓하구나. 올해 몇 살이니?"

"열두 살입니다."

"집은 어디이고?"

"상형곡 모래마을입니다."

여인은 깜짝 놀라며 소녀의 손을 잡았다.

“옆 마을 아이로구나. 나는 아랫골에서 쭉 살았단다.”

“아랫골이라면 저도 잘 알아요. 나무를 가져다드리는 집이 있거든요.”

“네 집이 우리 집과 가깝다니 하늘이 베푸신 인연이로구나.”

“그러게요.”

“부탁 하나만 해도 될까?”

“들어드릴 수 있는 것으로요.”

“그리 어려운 부탁은 아니야. 내가 하는 말을 잘 들었다가 우리 아버지에게 그대로 전해주렴. 할 수 있겠지?”

“직접 하시면 되지 않나요?”

“사정이 있단다.”

“할 수 있을 것 같아요.”

“고맙구나. 내 이름은 향랑이란다. 올해 스무 살이 되었지….”

이야기를 마친 향랑은 신발을 벗어 소녀에게 건넸다. 무언가를 예감하고 몸을 벌벌 떠는 소녀에게 말했다.

“부디 내가 한 말들을 잘 전해주기 바란다. 죽은 뒤에도 네 은혜는 꼭 갚을 테니.”

향랑은 물에 뛰어들려다가 동작을 멈추었다. 소녀를 보며 어색하게 웃었다.

"죽을 결심을 했는데도 막상 물에 뛰어들려니 무섭구나. 참 한심하지?"

향랑은 소녀의 대답을 기다리지 않았다. 저고리를 벗어 얼굴을 가린 후 곧바로 물에 뛰어들었다.

향랑은 1683년 농사꾼 박자신의 딸로 태어났다. 생모에 대한 정보는 없다. 향랑의 어린 시절을 언급한 남성 작가들의 글을 몇 편 소개한다.

> 용모가 방정하고 성행이 정숙하여 이웃 남자아이들과 함께 놀지 않았다.(조구상)

> 품성이 단정했다. 어려서부터 장난치지 않고 혼자 놀기 좋아했으며 남자아이들 곁에는 가까이 가지 않았다.(이광정)

> 성품이 단아하고 고결했다. 여자다운 품위가 있었다.(이덕무)

몇 가지 공통점이 금방 눈에 들어온다. 향랑은 단정하고 정숙한 소녀로 어릴 때부터 남자아이들과 거리를 두었다는 것이다. 철없는 불량소녀는 아니었네, 하고 고개를 끄덕이고 넘어 갈 수도 있겠다. 하지만 뭐든 지나치게 똑바를 땐 의심의 눈으로 바라볼 필요가 있다. 먼저 알아야 할 사실. 향랑이나 향랑의 아버지가 전하는 어린 시절의 일화는 없다. 또 하나, 위의 세 사람 중 그 누구도 향랑을 직접 만난 적이 없다. 그런데도 향랑을 잘 아는 것처럼 묘사했을 뿐만 아니라 향랑은 이상적인 여인으로 그려져 있다. 뭐랄까, 조선 시대 남성이 생각하는 완벽한 여성상이다. 남자아이들과 가까이하지 않았다는 사실을 콕 짚어 적고 있는 점을 눈여겨 살펴보기 바란다. 무슨 말을 하고 싶은 것이냐고? 세 사람이 기록한 향랑의 어린 시절은 남성 작가들이 꾸며낸 순전한 허구일 가능성이 높다는 것이다. 호랑이 담배 먹던 시절에 예쁘고 착한 여자아이가 살았습니다, 로 시작하는 옛날이야기와 별로 다르지 않다는 뜻이다. 조금 색다른 건 또 다른 남성 작가 이안중의 기록이다. 성격이 맑고 깨끗하고 아름다웠다는 부분은 비슷하나, 집안이 넉넉했으며 부유한 상인에게 시집을 갔다는 기술은 사실과 다르다. 이쯤되면 그야말로 소설이다(향랑 사건에서 영감을 얻은 김소행은 삼한습유라는 대하소설에 향랑을 등장시키기도 했다). 향랑의 전기를 쓴 이옥은 이안중과 정반대의 입장을 취했다. 오늘날의 신문 기사처럼 일어난 사실을 건조하게 기술하고 해설을 첨부했다. 확실하지 않은 어린 시절에 대해서는 아예 언급조차 하지 않았다. 아무튼, 믿기 어렵거나 작가들이 꾸며낸 것이 분명한 소설적인 요소를 모두 제외한다면 우리가 어린 소녀 향랑에 대해 아는 것은 기껏해야 한두 줄밖에는 되지 않는다.

> 농사꾼 아버지에게서 태어난 향랑은 계모와 살았고, 17세 때 임칠봉과 결혼했다.

어차피 어린 시절에 대해선 더 할 말이 없으니 곧바로 신혼의 삶으로 넘어가기로 하자. 남성 작가들의 글에 등장하는 임칠봉은 그야말로 개망나니다. 어느 정도의 소설적 과장은 있겠지만, 여러 정황과 주변의 증언을 고려할 때 임칠봉의 인간성에 문제가 많았던 건 분명하다. 한마디로 아내에 대한 배려와 애정이라고는 찾아볼 수 없는 한심한 남자였다. 임칠봉을 편들고 싶은 마음은 전혀 없다. 하지만 그래도 남편 임칠봉이 14세였다는 사실은 밝히고 넘어가야겠다. 14세면 중학교 1학년 나이다. 이제 막 청소년이 된 임칠봉이, 독서 같은 고상한 취미와는 거리가 멀어도 한참 멀었던 양민 소년 임칠봉이 훌륭한 인격을 지녔다면 그것이야말로 놀라운 일이다. 물론 임칠봉은 정도가 좀 심하긴 했다.

칠봉은 성격과 행동이 괴팍하여 향랑을 원수처럼 미워했다.(조구상)

어리석고 둔해서 예의를 몰랐다…. 나이 들수록 행패가 더욱 심해졌다. 향랑을 미워하여 매가 손에서 떠나지 않았고 범처럼 날뛰었다.(이광정)

어리석고 사나웠다. 까닭도 없이 꾸짖거나 때렸다…. 밥을 지으면 모래가 섞였다고 의심하고, 옷을 지으면 몸에 맞지 않는다고 투정을 부렸다.(이덕무)

임칠봉의 문제가 단순히 어린 나이와 교육의 부족 때문이 아니었음은 분명하다. 임칠봉은 해가 갈수록 더 나빠졌고, 윽박과 한숨으로 요약되는 둘의 동거는 누가 봐도 정상과는 거리가 멀었다. 언제 일이 터져도 이상하지 않은 위태로운 관계였다. 결혼 생활은 대략 2년 만에 끝이 났다. 임칠봉이 향랑을 쫓아낸 것인지, 향랑이 임칠봉을 떠난 것인지, 보다 못한 시부모가 개입한 것인지는 확실하지 않다. 글마다 설명이 조금씩 다르기 때문이다.

향랑은 남편에게 용납되지 못했다…. 임칠봉은 나이 들면서 향랑을 더욱 학대했다. 곤장으로 때리고 머리를 쥐고 얼굴까지 쳤다. 시부모도 말릴 수 없었다…. 향랑은 부득이 친정으로 돌아갔다.(조구상)

시부모가 불쌍히 여겨 돌려보냈다.(이광정)

시부모도 자기 아들을 말리지 못했다. 다른 데로 개가하라고 권했다.(이덕무)

현명한 향랑은 친정으로 돌아갔다.(이옥)

어느 하나가 정답이라기보다는 세 가지 요소가 고루 작용했다고 보는 게 좋겠다. 임칠봉은 향랑을 전혀 좋아하지 않았고, 향랑 또한 이유 없이 자신을 미워하고 학대하는 임칠봉을 더 견딜 수는 없었을 것이다. 보다 못한 시부모가 돌아가라고 하자 향랑은 그 말을 따랐을 테고. 가슴 아픈 일이기는 하나 향랑에게는 최선의 결정으로 보인다. 문제는 그 이후에 발생한다. 계모는 집으로 돌아온 향랑을 문전박대했다.

향랑의 어머니는 생모가 아니라 계모였다. 향랑을 사랑하지 않았던 계모는 화를 내며 꾸짖었다. “이미 시집을 보냈는데 다시 돌아왔으니 어찌 너를 키우겠는가?” 난처해진 향랑의 아버지는 향랑을 삼촌 집으로 보냈다.(조구상)

계모가 마룻장을 두들기며 꾸짖었다. “남에게 시집보냈는데 왜 돌아왔느냐? 행실이 바르지 못해서일 터. 넉넉하지 않은 살림에 너까지 거둘 수는 없다.” 늙은 아버지는 눌려 지내는 상황이라 손을 쓰지 못했다.(이광정)

계모가 성내며 왜 왔냐고 구박했다. 마음이 서글퍼진 향랑은 발길을 돌려 삼촌 집으로 갔다.(이덕무)

친모가 있었더라면 사정은 좀 달랐을 것이다. 하지만 친정의 실권자는 계모였고, 늙은 아버지는 눈치를 보느라 숨조차 조심해서 쉬는 형편이었다. 늙은 아버지라는 표현을 통해 우리는 향랑의 친모는 세상을 떠난 지 몇 년 안 되었으며, 새로 들어온 계모와 이미 십 대 소녀였을 향랑의 관계는 서먹할 수밖에 없었다는 사실을 알게 된다.

계모에게 쫓겨난 향랑은 —실은 아버지에게서도 버림을 받은— 가까운 친척인 삼촌을 떠올렸다. 삼촌이 외삼촌인지 친삼촌인지는 확실하지 않다. 물론 어느 쪽이라도 이야기의 전개에 큰 영향을 미치지는 않는다. 삼촌은 계모처럼 무정하지는 않았다. 시집과 친정에서 모두 외면받은 조카에게 일단은 무료로 숙식을 제공했다. 조카를 사랑했던 삼촌은 단순히 돌보는 수준에서 멈추지 않고 조카의 안정적인 미래, 즉 백년대계를 생각했다.

> 삼촌이 말했다. "내 어찌 너를 백 년 동안 키우겠느냐? 네 남편은 너를 버렸고 다시 찾을 리도 없다. 양민의 딸이 혼자 살아서는 안 된다. 다른 곳에 시집가는 게 좋겠다." (조구상)

> 삼촌이 말했다. "네 남편이 너를 돌보지 않고, 네 친정 부모들도 너를 거절하고 사랑하지 않는구나…. 젊은 나이에 소박을 맞았으니 개가하는 게 좋겠다." (이덕무)

이광정의 글에 나오는 삼촌은 조금 더 적극적이다.

> 삼촌이 말했다. "농사꾼 자식으로 태어났으니 소박을 맞았으면 다른 데로 시집을 가거라." … 삼촌은 알맞은 사람을 구해서 택

일했고, 시집가는 날이 되자 술 거르고 양을 잡아 온갖 음식을 차렸다.(이광정)

조카의 앞날을 위해 개가를 권하는 삼촌에게 향랑은 어떻게 했을까? 향랑은 거부의 뜻을 밝히고는 삼촌 집을 나와 시집으로 되돌아갔다. 하지만 현명한 결정은 아니었다. 마음에서도 이미 지워버린 향랑을 시집에서 다시 반겨줄 리는 없었다.

남편의 구박은 여전히 심했다. 시아버지는 향랑을 불쌍히 여겨 개가를 권했다.(조구상)

시아버지가 말했다. "내 자식이 워낙 경우가 없으니 네가 돌아와도 전혀 소용이 없다. 새로 좋은 신랑 만나서 편히 사는 게 낫겠다. 내 자식이 이미 너와 인연을 끊었으니 네가 어디로 가든 상관하지 않으마."(이광정)

시아버지가 말했다. "왜 다른 데로 시집가지 않았느냐? 다시 돌아올 필요는 없다."
향랑이 말했다. "문밖의 터에 집을 짓고 죽을 때까지 살겠습니다."

시부모는 끝까지 허락하지 않았다.(이덕무)

개가를 권하는 삼촌을 피해서 왔는데 시아버지의 권유 또한 개가였다. 그런데 모두가 개가를 권하는 이 부분은 이해하기가 쉽지 않다. 우리는 흔히 유교 국가 조선의 여인들은 남편이 죽으면 남편의 뒤를 따르거나, 평생 수절하며 사는 것으로 알고 있다. 하지만 향랑의 이야기 속에서 남성들은 하나같이 향랑에게 개가를 권하고 있다. 도대체 어떻게 된 일인가? 향랑의 신분이 문제였다. 평생 수절하거나 목숨을 끊는 건 양반 가문의 여인들이 지켜야 할 미덕이었다. 다시 말하면 양반이 아닌 여인들은 비교적 자유롭게 재혼을 했다는 뜻이다. 향랑보다 후대인 18세기에 활동했던 작가 박지원의 〈열녀함양박씨전〉을 살펴보자.

〈경국대전〉에는 '개가한 여인의 자손에게는 관직을 주지 마라.'고 되어 있다. 이 법이 어찌 평민을 위해 만들어졌겠는가?

재혼한 여인에게서 태어난 양반 자손은 관직을 얻을 수 없다는 규정이다. 무슨 말인가? 평민들은 어차피 관직을 얻을 수 없으니 재혼으로 해가 될 일이 전혀 없다는 뜻이다. 어떤 면에서는 재혼이 당연한 것처럼 여겨졌다. 동네에 혼자 사는 여인이 많은 건 분위기라는 피상적인 이유 하나만으로 따지더라도 전혀 좋을 게 없었으므로. 그랬기에 양반과는 거리가 멀었던 삼촌이나 시부모가 나서서 개가를 권한 것이다. 그렇다면 문제는 향랑의 반응이다. 향랑 또한 개가하는 게 특별히 잘못된 행동이 아니라는 것쯤은 잘 알았을 터. 그런데 왜 향랑은 개가라는 말에 거의 알레르기 반응을 보인 걸까? 남성 작가들이 설명하는 이유부터 살펴보자.

개가를 권유하는 삼촌에게 향랑은 이렇게 말했다. "제가 비록 천한 몸이라 부부의 도리는 모르지만, 몸을 이미 남에게 허락했습니다. 그런데 어찌 남편이 불량하다고 다른 사람한테 시집을 가겠습니까?"(조구상)

향랑이 비록 백성의 딸이라지만 옛사람의 법을 많이 알았기에, 공손하고 순종해야 훌륭한 여인이지 그렇지 않으면 몹쓸 여인이라 여겼다…. 다른 사람에게 시집가라고 하니 살고 싶어도 무슨 기쁨으로 살겠는가?(이덕무)

향랑은 교육도 제대로 못 받은 미천한 여인이다…. 하지만 정절

이 뛰어났으니 바탕이 순수한 자는 꾸미지 않아도 아름다운 것일까?(이옥)

향랑은 농사꾼의 딸이라 여인이 지켜야 할 도리 같은 것을 제대로 배운 적은 없지만, 타고난 인품이 훌륭하고 생각이 반듯해서 어른들의 개가 권유를 단칼에 거절했다는 것이다. 향랑에 대한 글을 남긴 남성 작가들은 여럿이고 글의 내용과 강조점 또한 약간씩 다르지만, 이 결론만큼은 판에 박힌 듯 똑같다. 아니, 어쩌면 이 결론을 위해서 향랑에 대한 글을 그토록 많은 남성 작가들이 썼는지도 모르겠다. 무슨 말인가 하면 향랑의 사례는 무식한 농사꾼 소녀의 머릿속에 유교의 지고한 원리가 날 때부터 존재했다는 성선설의 원리를 입증할 수 있는 최고의 사례였으므로. 게다가 경전을 배운 적도 없는 이 소녀는 집요하게 개가를 권하는 어른들에 맞서 강물에 몸을 던져 죽음으로써 유교의 교리를 완벽하게 지켜냈으므로. 하지만 정말 향랑이 남성 작가들이 주장하는 그러한 이유로 개가를 거절하고 목숨까지 던졌을까? 여러분도 그렇게 생각하는가?

요즈음이라면 트라우마, 혹은 외상 후 스트레스 장애를 가장 먼저 지적했을 것 같다. 향랑은 17세라는 어린 나이에 결혼해서 상상할 수 있는 최악의 삶을 살았다. 그 2년 여의 기간은 꿈에서라도 다시는 떠올리고 싶지 않은 처참한 기억의 연속이었을 터. 그런 향랑이 '그래, 다시 결혼하면 이번에는 괜찮은 남편을 만날지 몰라.' 하는 근거도 없는 막연한 희망만으로 또 다른 남자와 함께하는 삶으로 들어간다는 게 과연 가능한 일이었을까? 향랑으로서는 차마 내키지 않는 일이었을 것이다. 하지만 쫓겨난 여인의 정신 상태에 무관심했던 당대의 주변 사람들은 향랑의 트라우마에 대해서는 전혀 신경을 쓰지 않았다. 향랑을 하루라도 빨리 반품하고 싶은 귀찮고 쓸모없고 잘못 도착한 택배 물품처럼 취급했다. 향랑이 원하는 건 남편이 아니었다. 지치고 상처받은 마음을 달랠 수 있는 공간, 주변 사람들의 따뜻한 한마디였다. 향랑에게는 그 어느 것도 주어지지 않았다.

하지만 무자비하게만 느껴지는 남성 작가들의 결론도 어느 정도 일리는 있다. 무슨 말이냐고? 향랑은 감수성이 충만한 십 대 소녀였다는 뜻이다. 자아정체성이 제대로 확립되지 않은 십 대는 필연적으로 주위의 분위기를 몸과 마음으로, 의식과 무의식으로 받아들이기 마련이다. 향랑이 살던 시대는 일종의 과도기였다. 양반 여인들에게만 요구되던 재혼 금지가 사회 전반, 즉 모든 여성이 지켜야 할 규범으로 바뀌어 퍼지기 시작한 시대였다는 뜻이다. 상대적으로 변화에 둔감한 어른들은 기존의 관습을 유지하지만, 변화에 민감한 십 대의 눈으로 보면 재혼 금지는 이미 여성들이 지켜야 할 필수 덕목이었다. 그 이유 따위는 전혀 중요하지 않았다. 사회 고위층이나 유명인의 행동 양식을 무의식적으로 따르고 모방하게 되는 건 예나 지금이나 다를 게 없다. 더군다나 십 대 소녀라면 그 경향은 더 심하기 마련이다. 쉽게 말해 개가는 향랑같은 소녀에겐 전혀 폼나는 행동이 아니었던 것이다. 박지원의 글을 인용한다. 평민 여성들이 품었던 생각을 제대로 대변해준다.

> 촌구석의 어린 여인, 혹은 도시에 사는 보통의 젊은 과부를 살펴보자. 친정 부모가 과부의 속을 헤아리지 못하고 개가하라며 핍박하는 일도 있지 않고, 자손이 벼슬을 하지 못하는 수치를 당하는 것도 아니건만, 한갓 과부로 지내는 것만으로는 절개가 되기에 부족하다 생각한다. 그들은 왕왕 한낮의 촛불처럼 무의미한 여생을 스스로 끝내 버리고 남편을 따라 죽기를 빌어, 물에 빠져 죽거나 불에 뛰어들어 죽거나 독약을 먹고 죽거나 목매달아 죽기를 마치 낙토를 밟듯이 한다. 열녀는 열녀지만 어찌 지나치지 않은가!

물론 두 이유 중 하나를 꼽으라면 역시 트라우마일 터. 울면서 강가로 왔다는 소녀의 진술이 결정적인 증거이다. 우리의 향랑은 우울증에 시달렸음이 분명하다. 소녀가 조금만 더 나이가 들었더라면 처음부터 향랑이 죽으려 한다는 사실을 알아챘을 것이다. 하지만 소녀는 어렸고, 향랑은 유언 같은 노래를 마지막으로 남기고 강물에 몸을 던졌다. 그 노래가 바로 산유화다. 여러 버전 중 이덕무의 버전으로 소개한다.

> 하늘은 어찌 그리 높고 땅은 어찌 그리 넓은가?
> 이처럼 커다란 천지에 내 한 몸 맡길 곳이 없네.
> 차라리 강물 속에 뛰어들어 물고기 배 속에 뼈를 묻으리.

구절구절마다 향랑이 겪었을 외로움과 고통이 느껴진다. 이덕무의 의도와는 달리 정절을 지키기 위해 스스로 목숨을 버린 여인의 고고한 노래로는 전혀 들리지 않는다. 내겐 오히려 향랑이 살면서 겪었던 부당함에 대해, 그 누구에게서도 합당한 위로를 받지 못한 사실에 대해 목소리 높여 항의하는 것만 같다. 그러므로 죽은 향랑이 마침내 열녀로 추앙받고 무덤 곁에 정려비가 세워지고 남성 작가들이 앞다투어 향랑전을 쓴 것은 아이러니, 아니 향랑에 대한 크나큰 모독이다.

6장

소녀,
고기보다 공부를
더 좋아하다

...

임윤지당

1758년 6월, 임윤지당은 곧바로 붓을 휘두를 듯 세게 쥐었다가 한숨을 쉬며 툭 떨어뜨렸다. 잠시 후 윤지당은 바닥에 누운 붓을 다시 잡았고, 이번에는 종이 위까지 올리는 데 성공했다. 그러나 붓은 여전히 자신의 존재 의의를 찾지 못했다. 윤지당이 고개를 세게 저으며 붓을 내동댕이쳤기 때문이다. 윤지당은 정신을 잃고 쓰러진 붓에게 따지듯 눈을 부릅뜨고 물었다.

"넌 도대체 어떻게 생각하니?"

대답 없는 붓에게 윤지당은 재차 물었다.

"네가 나라면 쓰겠니? 안 쓰겠니? 제발 뭐라고 말 좀 해 보렴."

써야 할 이유는 분명했다. 큰오빠인 임명주가 세상을 떠났다. 억울한 죽음이었다. 남보다 조금 늦은 43세의 나이로 문과에 급제한 큰오빠는 사헌부 지평을 지내던 시절, 소론을 우대하는 영조의 탕평책을 준열하게 비판하다가 귀양을 갔다. 4년의 고초 후 유배지에서 풀려나기는 했으나 벼슬에 중용되지는 못했고, 중풍으로 갑작스럽게 세상을 떠났다. 윤지당에게 큰오빠는 따뜻한 사람이었다. 일찍이 큰오빠는 결혼한 윤지당에게 진심을 담아 당부하곤 했다.

"작은누이야, 너는 내가 딸처럼 생각하는 소중한 사람이다. 시집갔다고 꺼리지 말고 자주 찾아오너라."

윤지당은 이제 38세였다. 나이에 비해서는 지나치게 많은 죽음을 겪었다. 아버지는 윤지당 나이 8세 때 돌아가셨고, 19세에 결혼한 한 살 연하의 남편과는 8년밖에 함께 살지 못했으며, 그 얼마 후에는 셋째 오빠와 바로 아래의 동생까지 먼저 떠나보냈다. 아버지가 돌아가셨을 때는 너무 어려서 상실의 의미를 실감하지 못했다. 나머지 죽음은 달랐다. 함께 나눴던 추억들은 보관함에 차고 넘쳤고, 묻어 두려 했던 그리움과 아쉬움은 저승길을 잃은 귀신처럼 밤마다 잊지 않고 찾아왔다. 손을 뻗어 그리움을 만져보고 아쉬움의 목소리에 귀 기울이는 동안 눈물은 마르지 않고 흘렀다. 윤지당은 그 감촉과 이야기와 모든 눈물을 문자로 기록하지 않았다. 그저 마음에 커다란 다락방을 만들어 차곡차곡 담아 두었을 뿐이다. 그런데 큰오빠가 죽었다. 아버지처럼 자신을 살갑게 대해주었던 큰오빠가 죽었다. 언관의 도리를 다하다가 관직을 접은 것도 모자라 끝내 비명횡사했다. 억울했다. 화가 났다. 이럴 수가 있나 싶었다. 다른 사람이 아닌 큰오빠였다. 대들보처럼 집안을 지탱하던 사람이었다. 묻어 둘 수는 없기에, 묻어 두어서도 안 되기에, 태산이었던 큰오빠에 대해서는 그냥 넘어갈 수 없었기에 붓을 들어 아픔과 슬픔을 기록해야 했다.

쓰지 말아야 할 이유 또한 분명했다. 비록 남편은 일찌감치 세상을 떠났으나 윤지당은 신씨 집안의 맏며느리였다. 병약한 시어머니를 돌보고 제사와 손님맞이와 창고 관리 등 집안의 대소사를 관장하는 것 모두 맏며느리가 해야 할 일이었다. 아직 어둑한 아침에 눈을 떠서 이 일 저 일 부지런히 챙기다가 하늘을 보면 어느새 붉은 저녁노을이 눈앞에 펼쳐졌다. 일과로 꽉 찬 하루하루를 보내는 상황에서 읽고 쓰는 건 사치였다. 그렇기에 윤지당 또한 시동생들에게 꼭 스스로 하는 다짐처럼 이렇게 말하지 않았던가?

"부녀자들이 책을 읽고 글을 쓰는 데 힘을 쏟다니요, 그건 법도에 어긋나는 일입니다."

여태껏 윤지당은 자신의 말을 잘 지켰다. 남들이 보는 장소에서 책을 펼쳐서 읽은 적도 없었고 남자들이 문장과 학문을 논하는 자리에 불쑥 끼어든 적도 없었다. 남이 시켜서가 아니라 스스로 한 다짐이었다. 큰오빠의 죽음에 대한 상실감이 크다고는 하나 신씨 집안의 맏며느리라는 위치가 변한 것은 아니었다. 바뀐 게 없으니 결코 써서는 안 되었다. 윤지당은 붓을 만지작거리며 괜히 채근했다.

"얘야, 부탁이니 단 한 번만이라도 제발 뭐라고 말을 좀 해보렴."

대답은 없었다. 평소처럼 입술을 꼭 다문 과묵한 붓이 오늘따라 유난히 더 야속했다. 윤지당은 촛불을 껐다. 모든 존재를 암흑으로 물들여버리는 검고 매서운 어둠 속에서 윤지당은 허리를 꼿꼿이 세운 채 한참을 앉아 있었다.

언제 어디서나 자유롭게 의사를 밝힐 수 있는, 인터넷과 핸드폰과 SNS 시대에 사는 이들에게는 겨우 글 한 편 쓸까 말까를 놓고 햄릿처럼 진지하게 고민하는 윤지당의 상황이 잘 와닿지 않을 수도 있겠다. 우선은 이렇게만 말해두려 한다. 명문가의 맏며느리로 평생을 살아야 하는 윤지당에게는 쓰고 안 쓰는 것이 생사를 결정하는 일만큼 중요한 문제였다고.

도무지 입을 열 줄 모르는 과묵한 붓과 씨름하며 치열하게 고민하던 우리의 주인공 윤지당은 1721년에 태어났다. 아버지 임적이 1728년에 세상을 떠났음은 이미 밝힌 바 있다. 그렇기에 윤지당의 어린 시절은 어머니와 형제자매가 전부였다. 동기 중 몇 사람을 이 자리에서 소개하고 넘어가는 게 좋겠다. 이들 동기는 윤지당의 앞날에 커다란 영향을 미친다.

큰오빠 임명주는 1705년생으로 당쟁에 얽혀 불운하게 생을 마감했다. 둘째 오빠 임성주는 1711년생인데 훗날 조선 후기를 대표하는 주기론 철학자로 이름을 날리게 된다. 1727년에 태어난 집안의 막내 임정주는 임성주와 함께 주기론 철학 연구에 일생을 바친다. 세 사람을 콕 집어 소개한 이유를 밝히겠다. 임명주는 아버지 같은 넓고 커다란 마음으로 윤지당을 아꼈다. 임성주는 윤지당의 생을 통틀어 유일한 스승이었다. 임정주는 윤지당의 이름을 세상에 널리 알린 쪽에서 으뜸 공로자였다. 오직 한 사람만 꼽으라고 요청한다면 주저 없이 임성주를 선택하겠다. 윤지당을 아낀 이는 비록 크기의 차이는 있을지언정 큰오빠 말고도 여럿 있었으며, 임정주가 윤지당의 이름을 널리 알렸다고 보기에는 좀 모호한 부분도 존재한다. 그렇지만 임성주가 윤지당을 가르쳐 학문의 길로 이끈 것은 그 누구도 부인하기 어려운 명확한 사실이다. 더군다나 학문이라는 단어를 빼놓고 윤지당의 삶을 말하기는 불가능하기 때문이다. 그런데 흥미로운 점이 하나 있다. 기록을 보면 임성주가 먼저 원해서 열 살 터울의 여동생 윤지당을 자신 앞에 앉혀놓고 가르쳤던 것 같지는 않다. 다음의 일화를 살펴보자.

> 어릴 때부터 말을 빠르게 하지 않았으며 움직일 때는 여유로웠다. 또한, 천성이 총명하고 영리했다. 오빠들을 따라 경전과 역사서를 옆에서 배웠다. 누님은 때때로 직접 질문을 했는데 사람들을 놀라게 하는 말이 많았다. 둘째 형님이 기특하게 여겨 〈효경〉, 〈열녀전〉, 〈소학〉, 〈사서〉부터 가르쳤다. 누님이 무척 기뻐했다.

막내 임정주가 남긴 기록이다. 표창장 문구처럼 찬사 일색인 이 기록을 자세히 읽어보면 처음부터 임성주가 윤지당을 가르치지는 않았다는 사실이 명확히 드러난다. '옆에서 배웠다.'는 표현에 주목하길 바란다. 윤지당은 함께 배운 게 아니라 옆에서 배웠다! 아무것도 아닐 수 있는 이 표현에 대해서는 이렇게 해석할 수 있다. 임성주는 남동생들을 가르쳤는데 그 자리에 누이동생인 윤지당이 끼어든 것이라고.

어쩌면 단순히 수사일 수도 있겠지만 끼어들었다고 미루어 짐작한 데에는 두 가지 이유가 있다. 첫 번째 이유는 시대적 상황이다. 당시는 조선 후기로, 남녀 차별이 극심하던 시기였다. 조선 전기와는 달리 여성이 책을 읽고 공부하는 행위 자체를 금기로 여겼다. 개혁적 성향의 학자로 유명한 성호 이익은 명성과 달리 여성의 공부를 신랄하게 비난하는 글을 남겼다.

> 글을 읽고 뜻을 해석하는 것은 남자의 일이다. 부녀자는 아침저녁으로 의복과 음식을 준비하고 또한 제사와 손님을 받들어야 하니 어느 사이에 책을 읽을 수 있겠는가? 부녀자로서 고금의 역사를 통달하고 예의를 말한 자가 있으나 반드시 몸소 실천하지 못하고 폐단만 많은 것을 흔히 볼 수 있다. 우리나라 풍속은 중국과 달라서 문자의 공부란 힘을 쓰지 않으면 불가능하다. 그러니 부녀자가 할 수 있는 일이 아니다.

깨어 있던 선비 이익이 이 정도였으니 식견이 부족한 일반 선비들의 생각은 미루어 짐작하기 바란다. 그런 의미에서 볼 때 임성주는 어떤 면에서는 이익보다 활짝 열린 선비였다. 누이동생을 —10대 중반으로 추측한다.— 남자 형제들이 모여 공부하던 방에 끼워준 점도 그렇고, 질문의 수준이 범상치 않음을 깨닫고 본격적으로 스승 역할을 자임하고 나선 점도 그렇다. 〈효경〉, 〈열녀전〉, 〈소학〉은 기본 교양서이니 채택할 수 있다 치더라도 〈논어〉, 〈맹자〉, 〈대학〉, 〈중용〉의 사서, 즉 선비들의 기본 교양서까지 가르쳤다는 건 꽤 파격적이다. 임정주는 '여러 오빠들이 누이가 대장부로 태어나지 않은 점이 한스럽다고 했다.'고 기록했는데 정황상 이 말을 가장 자주 한 이는 임성주일 것이다.

두 번째 이유는 윤지당의 성향이다. 임정주는 윤지당에 대해 '말을 빠르게 하지 않았으며 움직일 때는 여유로웠다.'라고 기록했는데 이는 이어지는 구절, 즉 '때때로 직접 질문을 했는데 사람들을 놀라게 하는 말이 많았다.'와 모순이 된다. 임정주의 말처럼 윤지당이 예절을 중시하고 말하기보다 듣기를 좋아하는 착실한 소녀였다고 생각해보자. 과연 그 소녀가 형제들 앞에서 그들을 놀라게 하는 질문을 쉽게 할 수 있었을까? 더군다나 본인을 위한 자리도 아닌 끼어든 자리에서? 난감해 보이는 이 문제에 대한 해결은 의외로 간단하다. 윤지당 스스로 자신의 성격을 밝혔기 때문이다.

> 나는 성질이 조급한 편이었다. 어릴 때부터 마음에 불편한 것이 있으면 잘 참지를 못했다. 자라면서 그 문제를 깨닫고 힘써 극복하고자 노력했다. 그러나 병의 뿌리는 아직도 남아 있어 때때로 슬쩍, 슬쩍 나타나기도 한다. 아, 나로서는 어쩔 수가 없다.

윤지당의 성격이 조급했다고 결론을 내린 뒤 임정주의 글을 다시 읽어보면 전체 글의 의미가 잘 통한다. 총명하고 영리했던 윤지당은 자신이 아는 것을 드러내지 않고는 못 견디는 성향의 소녀였다. 여성의 방정한 품행을 최우선으로 치는 시대였기에 자칫 손가락질을 받을 수도 있는 위험한 행동이었다. 다행히 둘째 오빠 임성주는 윤지당의 당돌함을 총명함의 그림자 정도로 여기고 넓은 마음으로 품어주었다. 임성주의 인격이 드러나는 부분이다.

그렇다면 임정주는 왜 누나의 성격을 왜곡해 적었을까? 아마도 선의에서 나온 자연스러운 행동이었으리라. 임정주의 글은 누나가 죽은 후 쓴 회고록인바, 명문가의 며느리로 내외의 존경을 받으며 평생을 살았던 누나의 성격을 조급하고 직선적이고 나서기 좋아했다고 쓰기는 쉽지 않았을 것이다. 그런데 윤지당의 성격은 감추려 애썼던 임정주의 또 다른 기록에서도 슬며시 모습을 드러낸다. 충청도 청주에서 거주하던 윤지당의 가족은 윤지당이 17세 되던 해에 경기도 여주로 이주한다. 당시의 여주는 청주에 비해 놀거리가 풍부한 고장이었던 모양이다. 11세 소년 윤정주가 친구들과 어울려 다니느라 정신을 차리지 못하고 드디어는 공부마저 게을리하자 윤지당은 동생을 불러놓고 야단을 쳤다.

"왜 방심한 마음을 거두지 못하고 남들을 따라다니면서 두레박처럼 오르락내리락 놀기만 하느냐?"

두레박을 들어 비난한 부분이 예스럽고 재미있기는 하나, 문장과 말의 차이를 고려해 볼 때 실제로 윤지당은 임정주가 적은 내용보다 훨씬 험악한 말을 했으리라 추측한다. 누나의 사회적 위치를 고려한 임정주의 검열이 이 문장에도 작동했을 것이다. 윤지당의 직선적이고 급한 성격을 감안해 보면 실제로는 냅다 꿀밤부터 한 대 먹이고 동생의 정신이 바짝 들 만한 매서운 욕을 오토바이처럼 연달아 퍼붓지 않았을까? 물론, 이것은 전적으로 나의 상상임을 밝힌다. 그런데 이러한 임정주의 '선의의 왜곡', 혹은 '무의식적인 검열'은 그저 웃어넘기고 지나갈 부분은 아니다. 윤지당이 자신의 성격에 대해 직접 기록하지 않았다면 우리는 임정주의 미화된, 검열된 기록을 그대로 믿을 수밖에 없었을 것이다. 조선 시대, 그중에서도 후기를 살았던 여인들이 한결같이 현모양처인 사실을 의심하지 않고 곧이곧대로 믿어서는 안 되는 이유이다.

이제 다시 공부 이야기로 돌아가 보자. 훗날 대학자로 이름을 떨친 임성주같이 훌륭한 스승에게 학문을 배우게 된 건 윤지당에게는 대단한 행운이었다. '총명하고 예리한 자질과 초탈한 식견'을 가진 임성주는 근면하기까지 했다. 공부에 싫증을 내는 일도 없었고, 선생의 역할을 함에 있어 게으른 적도 없었다. 촌각의 시간도 아껴가며 공부하고 또 가르친 사람이 바로 임성주였다. 훗날 윤지당은 작은오빠의 가르침에 대해 이렇게 회고했다.

> 누이는 어려서부터 오라버니의 지극한 우애와 바른 방향으로 인도하는 훌륭한 가르침을 받았습니다. 제가 조금이나마 자신을 다스릴 줄 알게 되고 세상에 죄를 짓지 않고 실수하지 않으며 살게 된 것은 오라버니의 놀라운 가르침 덕분입니다.

좋은 이야기이기는 하나 훈화처럼 뻔한 이야기이기도 하다. 제삼자에겐 별다른 감흥을 주지 못한다. 그런데 눈여겨보아야 할 건 이어지는 다음 부분이다. 윤지당은 작은오빠가 공부에 있어 중요하게 생각한 점과 구체적인 지도 방법까지 밝힌다.

> 남녀가 비록 하는 일은 다르지만, 하늘이 부여한 성품은 같습니다. 경전을 공부하다가 의문이 생기면 주저하지 않고 오라버니에게 물었습니다. 오라버니께서는 늘 친절하게 가르쳐 주어 제가 완전히 깨우친 다음에야 그만두셨습니다.

문장의 흐름으로 볼 때 남녀의 성품이 같다는 것은 임성주의 견해가 분명하다. 그런 임성주였기에 윤지당이 여성이라는 점을 생각하지 않고 남자 형제들에게 하듯 최선을 다해 가르침을 베풀었다. 묻고 또 묻는 '집요한' 윤지당에게 조금도 싫증을 내지 않고 늘 친절하게 답변해주었고, 한술 더 떠 완벽하게 깨달은 것을 확인한 뒤에야 그만두었다. 윤지당은 훗날 '하늘에서 부여받은 성품은 남녀 간에 다를 게 없다.'는 견해를 여러 곳에서 밝혔다. 초년 시절 받았던 작은오빠의 가르침이 얼마나 중요한 역할을 했는지를 알 수 있는 장면이다. 작은오빠의 선물은 가르침만이 아니었다. 여동생에게 윤지당이라는 당호를 지어준 이 또한 임성주였다. 임성주가 아니었다면 우리의 주인공 윤지당이라는 여성을 임성주의 막내 여동생, 혹은 신광유의 처로 불러야만 했을 것이다. 실제로 임성주 바로 아래 여동생은 족보에 그저 매(妹), 누구누구의 처로만 기록되어 있다. 양반가의 딸이었음에도 이름조차 제대로 불리지 못한 채 평생을 살았던 것이다.

그렇다면 윤지당은 어떤 의미를 담은 이름일까? 윤지당의 윤지(允摯)는 고대 주나라 문왕의 어머니인 태임(太妊)을 믿고 따른다는 뜻이다. 태임의 친정 고향이 지(摯)였기에 윤지가 되었다. 이 설명을 읽고 사임당을 떠올렸다면 역사에 박학한 사람으로 자임해도 좋다. 사임당의 사임(師任)은 태임을 스승으로 본받는다는 뜻이다. 주나라니, 태임이니, 사임이니 도대체 뭔 소린지 잘 모르겠고 골치만 아프다고? 인정한다. 시대가 바뀌어도 한참 바뀌었기 때문이다. 조선 시대를 살았던 사임당과 윤지당은 자신의 이름을 영광스럽게 생각했겠으나 21세기를 사는 우리의 입장은 조금 다르다. 앞서 말했듯 태임은 주나라 문왕의 어머니로 조선 시대 여인들이 가장 닮고 싶어 하는 이상적인 여인이었다. 자세한 행적도 남아 있지 않은 태임이 검색 순위 1위의 인기여성으로 떠올랐던 이유는 무엇일까? 본인의 고매한 인격 덕분이기도 했겠지만 주나라의 기틀을 세운 문왕을 낳았다는 이유가 가장 크다. 조선 후기에 들어 사임당에 대한 추모 열기가 급증했던 것도 같은 이유이다. 사임당은 서인들의 정신적 지주인 이이의 어머니였으니까. 사임당이 훌륭한 여성이어서 이이를 낳은 게 아니라 이이를 낳았기에 훌륭한 여성으로 인정받았다는 뜻이다. 물론 이러한 이유로 이름을 선물한 임성주를 비난해서는 안 되리라. 지금의 입장에서 따져볼 때 그렇다는 것이지 여성에게, 누이에게 이름을 선사했다는 건 당대로서는 대단한 존경, 혹은 신뢰의 표시였으므로.

임성주의 가르침을 더 오래 받았다면 윤지당의 발전 속도는 더 빨랐을 것이다. 훗날 윤지당은 그 시절에 대해 이렇게 회고했다.

> 나는 어릴 때부터 성리학이라는 학문이 있다는 사실을 알았다. 조금 자라서는 열광했다. 고기 맛이 입을 즐겁게 하듯이 학문을 좋아해서 그만두려 해도 도무지 그만둘 수가 없었다.

윤지당이 공부를 얼마나 좋아했는지 알 수 있는 대목이다. 하지만 소녀들의 삶을 살피는 과정에서 이미 여러 번 보았던 장벽 하나가 이번에도 잊지 않고 다시 나타난다. 그 좋아하는 공부를, 그만두려 해도 본능적인 끌림에 홀려 도저히 그만둘 수가 없었던 황홀한 공부를, 어쩔 수 없이 중단해야 하는 상황과 마주한다. 그렇다. 결혼이다. 여성 대부분에게 결혼이 단절로 이어지는 상황은 의미하는 바가 적지 않다. 이렇게 해서 우리의 윤지당은 19세에 신광유와 결혼해 신씨 집안의 맏며느리가 되었다.

결혼한 윤지당은 어떻게 했을까? 고기보다 더 사랑했다는 공부를 뒤도 돌아보지 않고 과감하게 포기한다. 그럴 거라 생각은 했으나 여전히 이해하기 어렵다고? 자아실현이 훨씬 더 중요한 것 아니냐고? 맞는 말이다. 하지만 무조건 시대만 탓해서는 안 된다. 미투 운동이 활발하고 양성평등 사상이 대세인

지금도 우리 사회는 여성에게 관용을 베푸는 데 인색하다. 겉으로는 아닌 척하면서도 실제로는 결혼한 여성이 집안 살림과 자아실현 두 가지를 완벽하게 해내는 슈퍼 걸 같은 모습을 보이기 원한다. 자아실현에 매진한다는 이유로 집안 살림을 게을리하는 여성을 보는 눈이 여전히 곱지 않다는 뜻이다. 성리학적 교조주의가 최고조에 이르렀던 18세기에는 과연 어떠했겠는가? 어쩌면 윤지당에게는 고르고 말고 할 선택권조차 없었을 것이다. 시대의 요구에 순응할 수밖에 없었던 양반가 맏며느리 윤지당은 아예 노선을 확실히 정했다. 자기에게 주어진 맏며느리의 역할을 그야말로 완벽하게 해내기로 말이다.

> 성녀 태사(문왕의 부인)와 선인 문왕께서 하신 업적이 달랐던 것은 서로 그 분수가 달랐기 때문이다. 그러나 두 분이 천성대로 최선을 다했던 것은 그 원리가 같기 때문이다. 서로의 처지가 바뀌었다면 어땠을까? 두 분은 역시 자기 자리에서 최선을 다하셨을 것이다. 나는 말한다. 부인으로 태어나서 태임과 태사의 도덕 실천을 따르겠다고 맹세하지 않으면 이는 자포자기한 사람이다.

급한 성격과 더불어 고집 또한 장난이 아니었을 윤지당이 자신의 다짐을 곧장 실천으로 옮겼음은 임정주, 그리고 시동생 신광우의 기록에서 엿볼 수 있다.

> 문학과 경학 실력을 늘 스스로 깊이 감추시고 밖으로 드러내지 않으셨다.

> 우리 가문에 시집오신 후 책을 가까이하는 기색을 보인 적이 없었다.

그러나 행동하는 여성, 단호하고 급한 성격의 윤지당이 미처 생각하지 못한 게 하나 있었다. 윤지당은 중독자였다. 고기 좋아하는 사람이 쉽게 고기를 끊을 수 없듯 공부를 끔찍하게 좋아했던 윤지당의 마음 또한 하루아침에 이제 됐으니 그만, 하고 깨끗이 손 털고 정리할 수 있는 성질의 것이 아니었다. 본인은 아니라고 했으나 마음 한구석에서 스멀스멀 올라오는 학문에 대한 유혹을 아예 없는 것처럼 무시하고 넘기기는 쉽지 않았다. 참을 수 없는 유혹과 싸우고 또 싸우던 윤지당은 일종의 절충안을 찾았다. 낮에는 맏며느리 역할을 다하고 다들 잠이 든 깊은 밤에는 경전을 몰래 읽는 전략이었다.

시동생 신광우는 한밤중에 윤지당이 경전을 나직하게 읽는 소리를 듣고 비로소 형수에게 학문이 있다는 사실을 알았다고 적었다. 윤지당의 말년에 목격한 장면에 대한 기록이지만 나는 이러한 몰래 공부가 늙어서의 버릇만은 아니라고 생각한다. 고위 관료로 젊은 시절 바쁜 나날을 보냈던 신광우가 전에는 미처 목격하지 못했을 뿐이라고 여긴다. 그 증거로 거울과 칼과 자를 제출한다. 난데없이 무슨 소리냐고? 따지기 전에 탐정의 눈으로 물건부터 정밀하게 살펴보기 바란다. 윤지당이 쓰던 거울과 칼과 자에는 스스로 쓴 다짐의 글들이 문신처럼 곳곳에 새겨져 있기 때문이다.

닦을수록 광채가 나니 털끝만큼도 차질이 없다.
아, 사람으로 태어나서 이 물건만도 못하다니.
사람이 물건보다 못한 이유는 물욕에 눈이 가려진 탓.
가려진 것을 떨치려면 마음을 맑게 하고 사욕을 이겨야 한다.

아, 빛나는 칼이여! 나를 부인으로 여기지 마라.
네 칼날을 더욱 예리하게 힘써 숫돌에 새로 간 것처럼 하라.
내 잡념 모두 쓸어버리고 내 마음의 잡초를 베어내리라.

충심이란 기대지도 치우치지도 않는 것.
노력을 쌓아서 본체를 이루면 바르고 화평한 덕성이 나타나지.

거울과 칼과 자는 무엇인가? 선비의 맑고 곧은 마음을 상징하는 물건들이다. 윤지당은 그 물건들을 곁에 놓고 다짐하는 글을 새겼다. 늘 공부하고 자신을 돌아보는 사람만이 할 수 있는 행동이다.

하지만 문제는 여전히 남았다. 다시 말하지만 윤지당은 중독자였다. 학문을 미치도록 좋아하던 윤지당이 깊은 밤 홀로 경전을 읽고 사물에 글을 새기는 취미 생활 비슷한 행동 정도로 만족하기란 쉽지 않았다. 고기를 좋아하는 사람이 과연 두부나 콩 스테이크로 만족할 수 있겠는가? 몸과 머리가 요구하는 공부에 대한 갈증 해소에 고민, 또 고민하던 중 윤지당에게 뜻하지 않은 불행이 닥쳤다. 남편 신광유의 죽음이었다. 신광유는 1747년, 27세의 젊은 나이에 핏줄도 남기지 못하고 세상을 떠났다. 무거운 마음으로 남편의 유품을 정리하던 윤지당은 남편이 필사하던 〈시경〉을 찾아냈다. 꼭 절반을 베껴서 썼으니 절반이 남았다. 윤지당은 고민했다. 남편의 유업이니 남편을 기리기 위해서라도 완성해야 하리라. 제일 가까운 사이였던 자신이 나머지 절반을 써 책을 완성하는 게 옳을 터였다. 명분이 있으니 비난할 이는 없었다. 하지만 그러려면 수개월의 시간을 필사 작업에만 투자해야 한다. 그럴 수 있을까? 윤지당은 고개를 저었다. 남편은 세상을 떠났으나 시어머니가 존재했다.

남편은 죽었으나 가문은 그대로 남아 있었다. 윤지당은 선택했다. 맏며느리의 역할에 최선을 다하기로.

처음에 썼던 것처럼 윤지당은 자신과의 약속을 지켰다. 셋째 오빠와 바로 아래 동생을 떠나보냈지만 슬픔을 핑계로 붓을 들지는 않았다. 그러기를 십여 년, 윤지당의 인내는 한계에 이르렀다. 큰오빠 임명주가 세상을 떠났고 커다란 슬픔, 그리고 분노와 억울함을 마주한 윤지당은 붓을 노려보며 신씨 집안의 맏며느리로서 그 모든 감정을 가슴에 묻고 살 것인지, 붓을 들어 글을 지음으로써 온 세상에 큰오빠 임명주의 이름을 알릴 것인지 고민하는 상황과 마주했다. 윤지당은 과연 어떤 선택을 내렸을까? 윤지당이 쓴 제문을 소개하는 것으로 답을 대신한다.

> 오라버니께서는 놀라운 재능과 세상에서 보기 드문 지혜와 걸출하신 자질, 그리고 세상을 경영하기에 충분한 학문을 두루 갖추셨습니다…. 그런데 어째서 맑은 조정에 등용되자마자 곧바로 배척을 받으셨습니까? 하늘은 왜 실수를 범해 오라버니를 이처럼 빨리 데려가셨습니까? 아, 아마도 공께서 혼탁한 분위기를 싫어하셔서 그런 건가요? 혼자서만 깨끗이 지내시려고 서둘러 돌아가신 건가요? 그것도 아니면 이 나라 백성들이 복이 없기 때

문일까요? 그것도 아니면 하늘이 이 나라에 복을 주지 않으시려고 공을 이 지경에 이르게 하신 걸까요?

실로 매서운 문장이다. 사람들이 이 제문을 읽고 여인의 글이 아니라고 감탄했다는 기록이 이해가 간다. 애도하는 분위기가 곳곳에 보이는 건 사실이다. 더욱 눈에 띄는 건 큰오빠를 죽게 만든 시대에 대한 공격적이며 솔직한 문장들이다. 윤지당의 글 덕분에 임명주는 부당한 권력에 항거한 충신이 되었다. 사람들은 분명 올곧은 이를 유난히 일찍 데려가는 운명, 혹은 역사의 부당함을 생각하며 깊은 한숨을 쉬었으리라. 윤지당의 직선적인 성격이 유난히 잘 드러난 이 글이 더더욱 의미가 있는 건 한문으로 쓴 제문이라는 점이다. 다른 말로 하면 임명주를 추모하러 온 동료 선비들에게 보이기 위해 쓴 글이라는 것이다. 무슨 뜻인가? 여태껏 혼자서만 간직해 왔던 온축된 학문의 성과를 드디어 세상에 선보인 것이다. 물론 윤지당에게 사실 여부를 물었다면 고개를 세게, 빠르게 저었으리라. 자신은 여전히 신씨 집안의 맏며느리일 뿐이며 이 글을 지은 건 다만 큰오빠에 대한 감정을 다스리기 힘들어서였을 뿐이라고, 가족으로서의 정을 드러냈을 뿐이라고, 모른 척 답했으리라. 하지만 나는 달리 생각한다. 앞으로는 고기보다 맛난 공부에 매진하겠다는 하나의 신호탄이라고 생각한다. 괜히 하는 소리가 아니다. 얼마 후 윤지당은 친정에 가 1년 가까이 머물렀다. 바로 이 시기에 전에 마음을 먹었으나, 고민만 계속하다가 끝내 하지 못한 일을 마쳤다. 남편 신광유의 〈시경〉 필사 작업을 이어받아 진행했다. 윤지당은 이 일에 4개월의 시간을 투자했다. 맏며느리의 역할을 내려놓고 학문의 길로 들어섰다는 증거이다. 필사 작업을 마친 후 윤지당은 이렇게 썼다.

> 함께 따라 죽지도 못한 부녀자 처지에서 남편이 필사하던 책의 뒤를 이어 쓰는 것은 매우 외람된 일인 줄 나도 잘 알고 있다. 그러나 남편이 남긴 유품이라고는 이것밖에 없다. 나의 쇠잔한 목숨이 끊어지기 전에 책으로 완성해 놓지 못하면, 그분의 남기신 흔적이 점차 사라져 마침내 없어질 것이 아니겠는가!

따라 죽지도 못한, 외람된 일 등 같은 세상의 평판을 의식한 표현들이 제일 먼저 눈에 들어온다. 그러나 윤지당의 선택은 어떠했나? 자신에게 쏟아질 평판을 다 알고 있으면서도 책을 완성하는 쪽을 택한다. 윤지당의 마음가짐이 확연히 변했음을 알 수 있는 장면이다. 순응하며 살기로 마음을 먹었던, 그러므로 정신적으로는 여전히 소녀였던 윤지당이 드디어 자신의 중독을 인정하고 받아들이기로 한 것이다. 나는 소녀에서 어른이 된 기념비적인 순간이라고 여긴다. 윤지당 나이 38세 때의 일이었다.

아름다운 사족 같은 이야기 하나를 덧붙이고 이 글을 끝내는 게 좋겠다. 1782년 봄, 영원한 스승인 작은오빠 임성주가 가족을 이끌고 윤지당이 살던 원주로 이주했다. 윤지당의 '노후를 즐겁게 하기 위해서'였다. 임성주는 72세, 윤지당은 62세였다. 임성주가 윤지당을 얼마나 아꼈는지를 알 수 있는 장면이다. 학문을 미치도록 좋아하는 두 사람이, 스승과 제자였던 두 사람이 함께한 즐거운 일이 무엇이겠는가? 책을 읽고 토론하고 글을 쓰는 일이었을 터. 이때까지 살아남은 형제자매는 두 사람과 막내 임정주까지 셋뿐이었다. 임정주가 찾아와 머문 건 당연한 일. 1784년 원주를 찾은 임정주의 눈에 가장 먼저 들어온 것은 공부하는 선비와도 같은 누나의 모습이었다.

누님의 나이 64세였다. 새벽에 일어나 세수하고 머리 빗고 종일토록 단정히 앉아서 옷을 가다듬고 행동이 방정한 모습이 젊었을 때와 조금도 다르지 않았다. 육칠 개월을 머무는 동안 한 번도 용모가 흐트러지거나 행동이 게으른 모습을 보지 못했다. 그러면서도 고요하고 한가로워 보였고 조금도 얽매이는 것 없이 자유로웠다.

'조금도 얽매이는 것 없이 자유로웠다.'는 아름다운 표현에 어른으로 살았던 윤지당의 삶이 녹아 있다고 여긴다. 남은 동기들과의 만년의 교우, 윤지당의 노년에서 가장 행복했을 시절이었을 것이다. 어른이 된 누나의 삶, 공부하는 선비와도 같은 삶에 감명을 받은 임정주가 윤지당에게 문집을 낼 것을 제안했으리라고 나는 여긴다. 이듬해인 1785년 윤지당이 문집의 초고를 엮어 임정주에게 보내면서 쓴 글이 그 증거이다. 학문을 고기보다도 더 좋아했다는 문장의 출처가 바로 이 글이다. 윤지당은 자신의 글에 대해 겸손하면서도 당당한 견해를 표출한다.

식견이 천박하고 문장이 엉성하여 후세에 남길 만한 투철한 말이나 오묘한 해석은 없다. 하지만 내가 죽은 후에 장독이나 덮는 종이가 된다면 그 또한 몹시 슬픈 일이겠지.

윤지당의 문집은 세상을 떠난 지 3년 후인 1796년, 임정주와 신광우 두 사람이 힘을 모아 간행했다. 총 35편의 글이 실린 문집을 통해 우리는 공부하는 삶, 공부에 중독된 삶을 살고 싶어 했던 한 소녀가 어른이 되어 이룬 아름다운 성취를 찾아볼 수 있다. 막내 임정주는 다음과 같은 글로 윤지당의 삶을 정리했다. 윤지당이 읽었다면 말도 안 되는 소리라며 꿀밤 한 대부터 먹였으리라. 하지만 속으로는 무척 기뻐했을 것이다. 꿀밤 먹이기 전에 제법이라며 칭찬의 말이라도 한마디 먼저 할걸, 하고 살짝 후회도 했을 것이다.

> 의미와 이치를 제대로 분석한 변론, 성품과 천명을 논한 그 오묘함, 경전의 의미와 성리학에 대한 담론은 차 마시고 밥 먹듯이 자유로웠다. 하늘을 훨훨 나는 이와 같은 글들은 문자가 탄생한 이래 찾아보기 힘들었던 신묘한 경지를 보여준다!

7장

소녀,
남자 옷을 입고
세상을 구경하다

…

김금원

1830년, 원주. 성질 급한 여름이 어느새 성큼 문 앞으로 다가와 기다리고 섰다. 방 안은 음습하고 냉랭한 한겨울이었다. 야외처럼 사방이 트인 듯 거센 눈보라가 일이 분 간격으로 휘몰아치는 살벌한 풍경의 연속이었다. 14세의 앳된 소녀가 "허락해주세요, 제발!"하며 애타는 목소리로 부탁하면 아버지는 "받아들인다는 말이냐?" 하고 물었다. 소녀가 "다녀온 후에 생각해볼게요."라고 말하면 아버지는 "그런 경우가 대체 어디에 있느냐? 글쎄, 하늘이 두 쪽이 나도 안 된다니까."라고 단호한 어휘를 힘주어 말하며 손을 내저었다. 소녀는 가늘게 뜬 두 눈에 구원의 요청을 담아 어머니 쪽을 보았고, 어머니는 딸의 눈길을 애써 외면한 채 바닥만 보며 꺼질 듯한 한숨으로 대답 아닌 대답을 했다. 영원히 계속될 것 같던 대치가 한순간에 와르르 깨졌다. 소녀가 눈을 감고 한참을 생각한 후 공중에 내던진 한마디 때문이었다.

"알겠어요, 알았어요. 제가 받아들이겠습니다. 대신, 허락해주세요."

아버지의 얼굴이 잠시 밝아졌다가 다시 어두워졌다. 느리고 장황한 말이 이어졌다.

"힘든 결단을 내려줘서 고맙구나. 지금은 잘 이해가 안 되고 이 부모가 그저 밉고 야속하기만 하겠지만 나중에 생각해보면 다 너를 위한 최선의 일이었다는 것을, 달리 선택이 없었다는 것을 알게 될 거다. 결단은 고맙다만 꼭 가야 하겠느냐? 집에 머물며 마음을 차분하게 가다듬는 게, 수라도 놓으며 앞날을 기다리는 게 훨씬 더 낫지 않겠느냐?"

"아버지의 은혜로 글을 읽을 수 있게 되었습니다. 아버지께서 손가락으로 한 자 한 자 짚어가면서 꼼꼼하게 가르쳐주신 덕분에 짐승으로 태어나지 않고 사람으로 태어난 것, 오랑캐로 태어나지 않고 문명이 넘치는 나라에 태어난 것이 다행 중의 다행임을 알게 되었지요."

"아니다. 내 가르침이야 별것이 있었겠니? 네 능력이 워낙 빼어난 덕분이었다고 해야겠지. 너는 옛날부터 그랬고 지금도 그렇다."

"그 능력 또한 다 아버지와 어머니께서 주신 선물이지요."

긴 대치 후에 흘러나온 봄바람 가득한 답변에 아버지와 어머니의 얼굴이 비로소 환히 밝아졌다. 소녀의 말은 아직 다 끝나지 않았다.

"하지만, 하지만 말이에요, 이런 생각도 가끔은 들었습니다. 왜 나는 남자가 아닌 여자로 태어났을까? 왜 나는 부귀한 집이 아닌 가난한 집에서 태어났을까? 기왕 능력을 주셨다면 하루하루 먹고사는 걱정 없이 그 능력을 마음껏 사용할 수 있는 편안한 환경, 세상의 능력 있는 이들과 온전히 경쟁할 수 있도록 남자로 태어나게 해주셨으면 더 좋았을 텐데 말이지요."

말해 놓고 빙긋 웃는 소녀의 얼굴이라니. 요점을 정확히 짚은 발언에 아버지와 어머니는 대꾸조차 할 수 없었다. 소녀가 말을 이어갔다.

"그렇다고 원망만 하고 살 수는 없는 법, 어차피 제 인생이니 다 받아들이고 살아야지요. 그래서 결정한 겁니다. 아직 아버지와 어머니의 딸인 지금, 제 두 눈으로 세상의 거대함을 확인하고 제 온 마음으로 사물의 많고 또 많음을 경험하고 돌아오기로요. 그러니 저를 보내주세요. 저는 꼭 가야 합니다."

어머니가 먼저 고개를 끄덕였고 아버지가 따라서 고개를 끄덕였다. 아버지가 물었다.

"너의 말에도 일리가 있으니 이 아버지도 마냥 말릴 수는 없겠구나. 그래, 어쩌면 앞으로는 기회가 다시없을 지도 모르는 법, 아마도 이번이 마지막이겠지. 그럼 언제 떠나겠느냐?"

소녀는 당찬 목소리로 대답했다.

"지금 당장이요."

조곤조곤한 목소리로 할 말은 다 하는 소녀 김금원은 1817년 강원도 원주에서 태어났다. 어떤 집안에서 태어났으며 어린 시절의 모습은 어떠했는지부터 차근차근 설명하는 게 순서이겠으나 양쪽 모두 설명할 내용이 별로 없다. 당황스럽게도 대화 상대였던 아버지의 이름조차 적을 수가 없다(곁에 있던 어머니의 이름도 모르며, 문밖에서 귀를 쫑긋 세우고 엿들었을 형제자매가 모두 몇 명이었는지도 모른다. 경춘이라 불리는 여동생이 있었다는 사실만 겨우 알 뿐이다. 덧붙이자면 주인공 소녀 금원의 이름 또한 모른다. 금원은 훗날 스스로 지은 호이다. 여동생의 호칭 경춘 또한 이름은 아니다). 앞서 금원이 밝혔던 것처럼 가장 큰 이유는 가난 때문이었을 터. 금원의 이 말, 그리고 모래 한 줌 분량도 되지 않는 어린 시절의 회상을 종합하면 금원의 아버지는 양반, 그러나 몰락하여 존재 가치가 거의 없는, 이름과 무늬만 양반인 사람이 분명하다.

> 어려서 병을 자주 앓았다. 부모님이 가엾게 여기고 아끼어 여자의 일을 시키지 않고 문자를 가르쳤다.

딸에게 공부를 가르칠 수 있는 문자 해독력을 지녔다는 사실이야말로 아버지가 양반이라는 결정적인 증거이다. 훗날 금원이 보여주는 지식과 글솜씨가 보통을 훌쩍 뛰어넘는 훌륭한 수준이었음을 감안하면 최초의 스승인 아버지의 공부도 형편없었다고 말하기는 어려우리라. 금원의 회상은 전화위복을 떠올리게 한다. 어린 금원에게 병약함은 차라리 축복이었다. 병약함을 핑계로 여자의 일, 즉 가사를 돌보는 대신 남자의 일, 즉 공부하고 글을 쓸 수 있었으니까. 총명한 금원은 빠르게 책 속의 지식을 격파해 나갔고 글쓰기 솜씨는 거의 타고난 수준이었다.

> 날마다 가르침을 듣고 깨달았다. 몇 해 지나지 않자 결실이 나타났다. 경전과 역사서를 대략이나마 꿰뚫어 알게 되었다. 옛날과 지금의 문장을 따르고자 하는 마음이 저절로 생겼다. 때때로 감흥이 일어나면 꽃과 달을 소재로 시를 읊조리곤 했다.

꽃과 달을 소재로 쓴 이 시절의 시를 소개하는 게 순서이겠으나 전하는 시가 단 한 편도 없어 안타깝다. 그러므로 이제 우리는 곧바로 앞서 인용했던 14세 시절, 즉 1830년 늦은 봄으로 넘어가야 한다. 알쏭달쏭했던 금원과 부모의 문답을 다시 떠올려보기 바란다. 그해 봄, 금원에게는 도대체 무슨 일이 있었던 걸까? 결론부터 미리 밝히자면 금원의 신상에 정확히 어떤 일이 있었는지 역시 말하기 어렵다. 부모와의 조건을 건 협상 부분은 전적으로 상상이다. 우리는 14세 소녀 금원이 '어떤' 조건을 수락함으로써 여행에 반대하는 부모를 설득한 후 의림지와 금강산과 설악산과 서울을 두루 돌아보았다는 사실만을 알 뿐이다. 금원이 여행을 결심한 이유는 34세 때인 1850년에 옛일을 회상하면서 쓴 글인 〈호동서락기〉에 자세히 나와 있다.

> 내 뜻은 결정되었다. 아직 결혼하지 않은 나이이기는 하지만 강산의 아름다운 경치를 두루 돌아보고 증점이 기수에서 목욕하고 무우 언덕에서 바람을 쐬고 글을 읊으며 돌아온 일을 본받겠다고 하면 성인께서도 마땅히 동의하시리라.

증점 운운한 부분에 대해서는 약간의 설명이 필요하겠다. 〈논어〉 선진 편에 나오는 이야기다. 그날따라 조금은 우울했던 공자가 자로, 증점 등 몇 명의 제자에게 문득 물었다.

"세상이 너희를 알아준다면 너희는 어떻게 하겠는가?"

자로를 비롯한 제자들은 나라를 강하게 만들고, 백성의

삶을 풍족하게 하며, 예의와 염치를 가르치고 싶다는 모범에 가까운 답을 내놓았다. 그런데 증점은 좀 엉뚱했다. 아니, 말귀를 못 알아들은 사람 같았다. 어른 대여섯, 아이들 예닐곱을 데리고 기수에 놀러 가서 목욕하고 무우 언덕에서 바람을 쐰 후, 룰루랄라 노래를 부르며 돌아오겠다는 답을 한 것이다. 한바탕 신나게 놀다 오고 싶다고 대답한 셈이다. 그런데 공자의 어록인 〈논어〉는 얼핏 동문서답으로 들리는 증점의 대답을 들은 공자가 "나의 뜻도 그러하다!"라고 감탄하며 말했다고 기록해놓았다. 이 구절에 대한 해석은 워낙 구구해서 여기서 다 밝힐 수는 없다. 궁금한 분들은 〈논어〉를 해설한 책을 펼쳐 직접 확인해보기 바란다.

다만 우리의 주인공 소녀 금원이 증점을 인용한 건 전문적인 논의와는 무관하다. 즉, 세상을 두루 돌아보고 오는 건 영원한 성인 공자님께서도 무척 좋다고 감탄하신 바이므로 자신도 증점처럼 가벼운 마음으로 실컷 여행을 하고 맛있는 음식도 먹고 경치도 구경하고 룰루랄라 노래도 부르다가 돌아오겠다는 의미 정도로 이해하면 되겠다. 굳이 〈논어〉를 인용한 건 자신의 학식을 은연중에 드러내고 싶은 심리의 발현일 테고. 하지만 살펴보아야 할 중요한 지점은 따로 있다. 이 구절에서 금원이 차마 하지 못한 말을 읽어야 한다. 여행의 포부를 밝히면서 굳이 '아직 결혼하지 않은 나이이기는 하지만' 하는 특이한 단서를 붙인 이유는 무엇일까? 무슨 말인지 잘 모르겠다고? 그럼 질문을 바꿔보자. 금원은 왜 15세도 13세도 아닌 14세에 여행을 떠나기로 결심했을까? 부모는 왜 끝까지 반대하지 않고 중도에 찬성으로 급하게 마음을 바꾸었을까?

당사자인 14세 소녀 금원은 이 질문에 대해 어떠한 종류의 답변도 내놓은 적이 없다. 남은 증거와 전문가들의 연구를 바탕으로 가장 그럴듯한 추측을 해보는 것이 최선이겠다. 가장 먼저 증거로 내밀고 싶은 건 부모의 태도다. 14세면 지금의 중학교 1학년이다. 아직 중2병에 걸리기도 전이며, 그 어떤 너그러운 기준으로 살펴도 성인으로 보기는 힘든 나이다. 청소년이라는 개념이 아예 없었던 조선 시대에도 결코 많은 나이는 아니었으리라. 이팔청춘도 16세는 되어야 하니까. 더군다나 가세는 몰락했어도 금원은 엄연한 양반집 처녀였다. '제 두 눈으로 세상의 거대함을 확인하고 제 온 마음으로 사물의 많고 또 많음을 경험하고 돌아오겠다.'는 무척이나 추상적인 이유에 아, 그렇구나, 참으로 훌륭하구나, 하고 홀딱 설득되어 14세 소녀의 긴 여행을 허락할 부모는 거의 없었다는 뜻이다. 게다가 여성이 문밖으로 나가는 것조차도 금기로 여기던 근본주의 유교가 여전히 맹위를 떨치던 시절이 아니던가?

그렇다면 우리는 '아직 결혼하지 않은 나이이기는 하지만' 이라는 문구의 진짜 의미를 되새겨보아야 한다. 금원이 굳이 이 문구를 적은 건 혹시 곧 결혼하기로 예정되어 있다는 뜻은 아닐까? 가정에 불과하다는 건 안다. 하지만 이 가정 하나로 여러 의혹이 한꺼번에 설명된다. 지금껏 집안에서 부유한 양반집 처녀처럼 얌전히 공부만 하던 금원이 갑자기 여행 결심을 한 것도 그렇고, 평소라면 절대로 허락하지 않았을 14세 어린 딸의 여행을 부모가 허락한 것도 그렇다. 연구자들도 이러한 추측에 힘을 보태어준다. 금원은 양반집의 서녀일 가능성이 높다고 한다. 여기에 가난이라는 요소를 보태면 금원을 일찍 결혼시키려는 부모의 마음까지 한 묶음으로 줄줄 설명이 된다. 금원의 미래, 그리고 가난한 집안의 현실을 두루 고려한 결정이었을 터. 결혼을 수락하고 여행을 가기로 마음먹은 금원의 글이 유독 비장하게 느껴지는 이유 또한 그래서는 아닐까? 예를 들면 다음의 문장들이 대표적인 예다.

> 어찌 여자들 가운데만 유독 빼어난 사람이 없어서겠는가? 혹시라도 집안 깊은 곳에 깊숙이 갇혀 있어 그 총명과 식견을 스스로 넓히지 못하다가 끝내 사라지고 묻혀버린 것이라면 참으로 슬프지 않겠는가?

총기가 보통 이상이었다는 점을 감안해도 14세 소녀의 문장으로 보기에는 지나치게 성숙하고 우울하고 비관적이다. 어쩌면 금원은 이 문장을 통해 자신의 진심을 토로한 건 아닐까? 아직 소녀다운 달콤한 꿈을 꿀 나이인 14세 금원에게 결혼이라는 제도적 속박은 인생의 끝과 다를 바가 없었다. 하지만 집안의 여건상 자신의 기분만 내세우며 거절하기도 쉽지 않았다. 때는 조선 시대였고 신분은 서녀였다. 모르긴 몰라도 상대는 제법 부유한 남자, 그러나 나이는 많은 남자였을 가능성이 높다. 당연히 정처 자리가 아닌 소실일 테고. 금원은 고민 끝에 결혼을 받아들였고 부모는 마지막 선물로 여행을 허락했다는 것이 나의 추측이다. 그래서였을까, 남자 옷으로 갈아입고 여행을 떠나는 금원의 마음은 어느새 다시 14세 소녀로 돌아왔다. 금원은 다가올 미래의 어둠 따위는 현실에 존재하지 않는 것처럼 다 잊어버리고 자신의 의지로 떠나는 최초의 여행이 선사할 기쁨만을 생각했다.

> 가슴이 확 트였다. 매가 새장을 빠져나와 저 푸른 하늘로 솟구쳐 오르는, 천리마가 재갈을 벗어던지고 단번에 천 리를 내닫는 기분이었다. 그날로 남자 옷으로 갈아입고 집을 꾸렸다.

푸른 하늘로 솟구쳐 오르는 매처럼, 단번에 천 리를 내닫는 천리마처럼 활기차게 집을 뛰쳐나온 14세 소녀 금원의 여정을 처음부터 끝까지 따라가는 건 꽤 의미가 있겠으나 자칫 잘못하다간 여행지에 대한 감상만 줄줄이 이어지는 지루함으로 빠지는 부작용을 감수해야 하는 상황에 직면할 수도 있다. 그러니 여행지 소개는 대폭 생략하고 금원의 생각이 드러나는 중요한 몇몇 부분만 살펴보기로 한다.

> 남자아이처럼 머리를 땋은 뒤 가마에 앉았다. 푸른 실 휘장을 달았으나 앞은 보이게 했다. 제일 먼저 제천의 의림지를 찾았다.

'가마에 앉았다.'라는 표현을 통해 14세 소녀 금원의 여행을 돕는 인원이 적어도 서너 명 이상은 되었음을 확인할 수 있다. 금원은 또 다른 곳에서는 '어린 종을 시켜 차를 내오게 했다.'고 쓰기도 했다(14세 소녀가 어린 종이라고 말할 정도였으니, 종은 도대체 몇 살이었을까?). 가난한 금원의 아버지는 딸의 여행을 위해 제법 많은 지출을 감수했음이 분명하다. 앞서 이야기했던 '결혼 이론'을 뒷받침하는 또 다른 증거이기도 하고.

어쨌거나 결혼 이론의 증명은 잠깐 미뤄두고 금원이 제일 먼저 방문한 제천 의림지에서의 행동을 살펴보자. 배를 빌려

호수의 경관을 즐긴 금원은 어부에게서 뱅어를 사고 인근 초가에서 순채를 얻는다. 뱅어회와 순채를 먹으며 '송강의 농어'와 '장계응'을 떠올린다. 중국의 송강에서 나오는 농어는 맛있기로 유명하다. 장계응은 고향에서 나는 순채국과 농어회에 대한 그리움을 이기지 못하고 벼슬을 그만둔 인물이다. 눈으로는 호수를 즐기고 입으로는 회와 순채를 즐기고 머리로는 그간 쌓아온 지식을 즐기는데 시가 빠질 수 없다. 수양버들과 꾀꼬리를 노래하는 시 한 편이 저절로 흘러나온다. 멀리 두고 온 집안의 일과 복잡한 생각은 멀리 사라져간다….

제천 의림지에서의 행동 패턴은 여행 내내 반복된다. 명승지를 구경하고 특산물을 먹고 고사를 떠올리고 시를 짓고 고단한 현실에서 멀리 떨어진 무릉도원, 파라다이스, 신선의 땅에 와 있음을 실감한다. 그렇지, 이런 게 여행의 즐거움이지, 하고 동감할 수도 있겠으나 개인적으로는 조금 아쉽다. 14세 소녀 금원만의 특별한 감성이 엿보이지 않기 때문이다. 무슨 말인가 하면 여행지에서의 금원의 모습은 유람을 떠난 선비들이 보여주는 전형적인 틀에서 조금도 벗어나지 못했다. 여행을 떠나는 과정에서 보여주었던 14세 소녀의 반짝반짝 빛나던 정체성은 어느 틈엔가 사라져 보이지 않는 것이다. 여행지를 다룬 금원의 글이 별로 매력적으로 다가오지 않는 이유이기도 하다. 그렇기에 의림지에서 단양, 금강산, 설악산으로 이어지며 여정과 느낌을 기록한 부분에서는 언급할 만한 부분이 많지 않다. 그래서 과감하게 다 건너뛰고 마지막 여행지인 서울에서의 모습만 살피기로 한다. 금원이 서울을 방문한 건 조선에서 가장 번화한 도시를 보고 싶은 욕구 때문이다. 우리가 뉴욕을, 런던을, 도쿄를 방문하는 것과 같은 이유이다.

> 산과 바다의 아름다움과 웅장함을 두루 다 보았더니 이번에는 화려하고 번화한 도시를 더 보고 싶어졌다.

지방 도시 원주에서 평생을 살았던 14세 소녀의 눈에 비친 서울의 모습은 예측과 조금도 다르지 않다. 감탄과 찬사가 줄줄이 사탕처럼 끝없이 이어진다. 예를 들어보자. 금원은 남산에 올라가 시내를 내려다보았다. 궁궐과 성곽과 크고 화려한 저택들이 거리를 가득 메웠다. 식당과 술집과 사람들은 왜 또 그렇게 많은지. 금원은 한숨을 쉬며 호화롭고 찬란한 문명의 세계를 처음 본 감회를 토로한다.

> 시골에서 나고 자라 스스로 안목이 좁음을 비웃다가 드디어 성안을 두루 돌아보았다. 비로소 가슴이 탁 트이는 기분을 느꼈다.

시골 선비들의 감회와 별반 다르지 않다. 이후의 일정 또한 서울 구경을 나선 김모, 이모, 박모 선비와 판박이다. 궁궐을 구경하고, 도심을 구경하고, 시장을 구경하고, 세검정과 부암동과 관왕묘 같은, 고향 사람들에게 자랑하기 딱 좋은 핫 플레이스를 두루 구경한 후 14세 소녀 금원은 드디어 발길을 돌려 집으로 향한다. 비범했던 출발, 출발할 때의 포부에 비해서는 조금은 평범했다고도 볼 수 있는 여행이 —물론 당사자인 금원에게는 특별했겠으나— 모두 끝난 것이다. 문을 열고 집으로 들어서는 금원의 마음이 마냥 좋지는 않았으리라는 건 쉽게 짐작할 수 있다. 두 가지 이유 때문일 터. 오래 꿈꾸던 여행을 끝낸 뒤에 찾아오는 묘한 허탈감이 그 하나일 것이고, '결혼 이론'으로 요약되는 무서운 미래가 저승사자처럼 입 벌리고 대기하고 있다는 사실이 다른 하나일 것이다.

일단은 여행에 대한 최종 정리부터 끝내는 것이 순서이리라. 여행에서 돌아온 모든 여행자가 그렇듯 가족들과 인사하고 수다를 떨고 선물 증정식도 모두 마친 14세 소녀 금원은 늦은 밤 홀로 방 안에 앉아 황홀했던 순간들을 되돌아본다. 여행 내내 남장을 하고 선비들과 똑같은 방법으로 유람을 즐겼던 금원이 —금원의 여행이 평범하기 보인 한 이유이기도 했다. 금원은 철저하게 남자처럼 여행했다. 일부러! 고의로!— 최종적으로 느낀 바는 무엇이었을까? 세상은 넓고 문명은 아름답다? 금원의 깨달음은 그런 종류와는 거리가 멀었다. 금원이 실감한 건 자신이 남자가 아닌 여자라는 사실이었다. 남자처럼 집을 나가서 한바탕 꿈을 즐겼으니 이제는 현실로 되돌아와야 한다는 사실이었다. 금원의 여행은 처음부터 혁명이 아니었다. 정확히 말하면 미래에 대한 순종, 아니 굴종에 더 가깝다. 그런 까닭에 다시 여자가 되어 여행을 마감하는 금원의 문장은 쓸쓸하고 가슴이 아프다.

뛰어난 경치를 빠짐없이 감상했으니 이제는 오래전부터 품어왔던 소원을 멈추어야겠다. 다시 본분으로 돌아가야 할 시간이다. 여자의 일에 힘쓰는 것이 옳은 시간이다.

모호한 부분이 전혀 없다. 14세 소녀 금원은 그야말로 현실에 완벽하게 패배한 것으로 보인다. 여행을 떠나기 전, 아직 설렘과 희망이 있던 그때, 스스로에게 물었던 질문들과 비교해보면 그 차이는 명확하다.

여자로 태어났다는 이유로 깊은 담장 안에서 문을 닫아걸고 법도만 지키는 것이 옳을까? 가난한 집안에 태어났다는 이유로 분수에 맞게 살다가 이름도 없이 사라지는 것이 옳을까?

'난 참 바보 같고 어린애 같았구나.' 쓸쓸하고 가슴 아픈 깨달음을 얻은 금원은 여행 내내 함께했던 남자 옷을 드디어 벗는다. 그러고는 이렇게 적는다.

남자 옷을 벗었다. 여전히 머리도 올리지 않은 여자였다.

금원이 내린 결론에 따르면 집을 떠났다가 다시 돌아온 14세 소녀의 미래는 너무도 뻔했다. 원하지 않는 남자와 결혼해 사는 것뿐이었다. 예측 불가능한 요소는 전혀 없다! 하지만 다 끝난 것처럼 보였던 금원의 이야기는 이제부터 시작이다. 모든 희망을 버리고 운명에 순응하는 것으로 보였던 금원의 이야기는 여기서 갑자기 대반전을 일으킨다. 지금껏 시간 순서대로 글을 쓰던 금원은 시간을 건너는 소녀처럼 15년을 불쑥 건너뛰어 이렇게 적었다.

김학사와 소실의 인연을 맺은 후 벌써 몇 년이 흘렀다. 학사가 임금님의 은혜로 의주 부윤에 임명되었다. 1845년의 일이었다.

결국은 소실이 되지 않았느냐고, 이게 무슨 대반전이냐고 입을 삐쭉 내미는 이들도 있겠다. 그런 이들에게는 연대에 주목하라고 말하고 싶다. 김학사는 김덕희를 말한다. 1800년생인 김덕희가 의주부윤에 임명된 건 1845년, 몇 년 전에 인연을 맺었다고 했으니 금원이 17세 연상인 김덕희의 소실이 된 건 아마도 1841년, 혹은 1842년의 일일 것이다. 이제 좀 감이 잡히는가? 14세 소녀 금원은 여행을 마친 후 곧바로 결혼하지 않았다. 부모와의 약속을 어겼으며 운명에 순응하지 않았다는 뜻이다. 그렇다면 이렇게 물어야 하리라. 14세에서 25세, 혹은 26세가 될 때까지 금원은 도대체 어떻게 살았을까?

금원은 놀라운 서술기법을 선보였다. 마치 타임머신에라도 올라탄 것처럼, 자신에게 아무런 일도 일어나지 않은 것처럼 이 십여 년을 그냥 건너뛰어 버린 신기를 발휘했다. 하지만 사람이 운명에 맞서며 세상을 살아가는 이상 어딘가에 흔적은 분명히 남기 마련이다. 문장과 현실은 다르다. 아직 인터넷과 GPS가 없던 시대였지만 과거를 완전히 숨기기란 역시 쉽지 않았다. 금원이 밝히기를 거부했던 행적은 추사 김정희와 친분이 두터웠으며 당대 문화계를 대표하는 명사였던 신위의 글에서 발견된다.

1841년, 신위는 김위양의 87세 생일잔치에 초대를 받았다.

바로 이 생일잔치 참석자 중에 금원의 이름이 나온다. 뛰어난 시인이었던 신위는 여러 사람과 시를 주고받았는데 그중 여성은 운초, 경산, 금앵 세 명이었다. 운초는 김이양의 소실로 나이는 무려 50세 이상 차이가 났다. 경산은 이정신의 소실이었으며, 금앵은 기생이었다. 금앵? 어딘지 모르게 익숙한 이름이지 않은가? 그렇다. 바로 이 금앵이 금원이었다.

이 미약한 정보를 토대로 14세 금원이 내린 결정을 재구성해 본다. 금원은 예정된 길로 가지 않았다. 여행 전 아버지에게 했던 약속을 지키지 않고 그대로 집을 뛰쳐나와 기생의 길을 걸었다. 왜 하필 기생? 하고 눈살을 찌푸릴 수도 있겠다. 하지만 부모의 뜻을 거역하고 집을 나온 금원에게 다른 길은 없었다. 조선 후기를 살았던 14세 소녀는 가문과 부모의 굴레에서 벗어나 스스로 살아나가기 위해 남들이 꺼리는 일을 기꺼이 시작한 것이다. 여기에 이르면 금원이 여행에서 느끼고 배운 바에 대해 다시 생각하게 된다. 금원은 여자의 일에 힘쓰겠다고 다짐했지만, 마음 깊은 곳에서는 여전히 여행 전에 던졌던 질문을 버리지 못했다. '여자로 태어났다는 이유로 깊은 담장 안에서 문을 닫아걸고 법도를 지키는 것이 옳을까?'

앞서 나는 금원의 여행이 선비들의 유람과 다를 바가 없었다고 일부러 그 가치를 깎아내렸다. 이제 그 견해를 수정해야겠다. 금원은 겉으로는 평범해 보이는 여행 내내, 맹목적으로 선비의 취향을 따른 것처럼 보이는 진부한 여행 내내 스스로에게 묻고 또 물었던 것이다. 여행이 끝나면 남자가 아닌 여자인 나는 도대체 어떤 삶을 살아야 할까?

금원에게 여행은 단순한 유람이 아니었다. 자신의 모든 미래가 달린 중요한 결정에 대한 정보를 제공하는 장, 혹은 자신의 결정에 대해 생각하고 또 생각하는 회의의 장이었다. 그 결과는 명확하다. 매처럼, 천리마처럼 새장과 마구간을 박차고 뛰쳐나온 이 여행을 통해 14세 소녀 금원은 어른이 되었던 것!

기생의 길을 택한 금원의 삶이 평탄했을 리는 없다. 14세 시절에서 곧바로 29세 시절로 타임 슬립한 금원의 글이 그 증거이다. 금원이 생략해버린 그 10여 년은 꿈에도 생각하기 싫었던 끔찍한 시기였음이 분명하다. 하지만 이미 어른이었던 금원은 쉽게 무너지지 않았다. 꿈을 포기하지 않았다. 십여 년을 버티고 또 버틴 금원은 세도가 경주 김씨의 일원인 김덕희의 소실이 된다. 머나먼 길을 돌고 돌아 다시 소실이 되었으니 참으로 별 볼 일 없는 성취 아니냐고?

얼음처럼 냉정한 평가자들에게는 금원의 주체성으로 반박하고 싶다. 무슨 말인가 하면, 나는 표면적으로는 김덕희가 금원을 선택했겠으나 실제로는 금원이 자신에게 어울리는 남편을 선택했다고 믿는다. 금원의 반짝이는 재주로 보건대 십여 년 동안 소실로 들어오라고 권유한 양반이 김덕희 한 명만은 아니었을 것이다. 금원은 상대를 꼼꼼하게 살폈을 테고 날카로운 매의 눈으로 마침내 고른 이가 바로 김덕희였을 것이다. 아마도 김덕희가 자신을 잘 알고 자신의 가치를 인정해주는 사람이었기 때문이리라. 그렇게 생각하는 이유는 김덕희의 소실이 된 후 금원이 살았던 삶과 관련이 있다. 김덕희와 서울에서 살던 시절 금원은 이웃한 친구들과 시 동호회를 결성했는데 이 동호회의 이름은 삼호정 시회였다. 삼호정은 용산에 있는 김덕희 소유의 정자였다. 그러니까 김덕희는 자신 소유의 정자에서 소실인 금원이 여러 여성들과 어울려 시를 짓고 노니는 것을 기꺼이 용인할 정도로 금원을 지지했던 사람이다. 그렇다면 이제는 삼호정 시회에 대해 살펴보는 게 순서이겠다.

삼호정 시회는 파격적이었다. 구성원 전원이 여성이라는 사실에 가장 먼저 주목해야 한다. 백전, 즉 종이로 싸우는 전쟁이라는 말에서도 드러나듯 조선 시대의 시회는 시적 재능을 뽐내려는 남성들의 전유물이나 마찬가지였다. 금원이 주도한 삼호정 시회가 그 일반적인 상식을 박살 낸 것이다. 게다가 이들은 단순한 여성이 아니라 주류와는 관계가 먼 '특정한' 계층의 여성이었다. 금원이 직접 밝힌 구성원의 면모를 살펴보자.

김운초 : 김이양의 소실. 재주가 뛰어나며 시로 유명하다.

김경산 : 이정신의 소실. 다문박식하며 시를 잘 짓는다.

박죽서 : 서기보의 소실. 재기가 있고 지혜로우며 한유와 소동파를 사랑한다.

김경춘 : 홍태수의 소실. 금원의 동생. 총명하고 단아하며 경전과 역사서에 밝다.

금원을 포함한 다섯 사람의 공통점이 곧바로 눈에 들어온다. 다섯 명 모두 양반의 소실이었다. 또 다른 공통점도 있다. 운초와 경산과 금원은 전직 기생이었으며, 죽서와 경춘과 금원은 서녀였다. 한마디로 이들은 어두운 과거를 공유하는 이들이었으며, 매처럼 천리마처럼 그 어둠의 기운을 떨치고 뛰쳐나와 당당한 어른이 된 이들이었다. 그랬기에 금원은 자신을 꼭 닮은 이들을 죽마고우처럼 여겼던 것이고.

다섯 사람은 서로의 마음을 알아주는 벗이다. 아름다운 곳을 차지하고 있으니 꽃이 피거나 새가 울거나 구름과 안개가 끼거나 비바람 섞어 치거나 눈 내리거나 달 뜨거나 아름답지 않은 적이 없고, 즐겁지 않은 날이 없다.

왠지 뻐기고 잘난 척하는 느낌이 드는 윤선도의 오우가보다 몇 배는 아름다운 글이다. 마음에 맞는 다섯 친구는 그들 이전에는 남자들의 공간이었을 삼호정을 아지트 삼아 시를 쓰고 노래를 부르고 아직 어른이 되기 전의 나날들을 돌아보았다. 금원이 14세 때의 여행을 회상한 글을 쓴 것도 바로 이 삼호정에서였다. 회상기는 어떤 사람이 쓰는 것인가? 자신의 삶에 만족하는 사람만이 쓸 수 있다.

지난 일과 거쳐온 모든 나날이 눈 깜짝하는 순간의 꿈일 뿐이다. 문장으로 써서 전하지 않는다면 과연 그 누가 오늘 여기에 금원이 있었음을 알겠는가?

겉으로는 무상함을 이야기하는 것 같지만, 실은 금원의 무한한 자부심을 읽을 수 있는 문장이다. 그들 또한 또 다른 금원이었던 네 명의 친구는 금원이 완성한 〈호동서락기〉에 멋진 발문을 써주었다. 금원의 재주와 식견을 칭찬하는 글들, 모르고 읽으면 당연한 찬사로만 보이는 글들, 하지만 나는 그 글들을 자신들이 투쟁하듯 살아온 삶에 대한 따뜻한 격려로 읽는다. 이들의 자부심 또한 대단했다. <호동서락기>에 남성이 쓴 추천사는 단 한 편도 없다. 남성 동호회에서 발간한 시집에 유명인의 추천사가 빠지지 않았으며, 더 유명한 이의 글을 받기 위해 안달복달했다는 사실을 생각하면 이 또한 파격이다.

삼호정 시회의 나날들은 그리 길지 않았다. 박죽서가 세상을 떠나고 금원이 다른 곳으로 이주했기 때문이다. 설령 그렇지 않았더라도 역시 오래 유지되지는 않았을 것이다. 남자들의 눈에 그들은 눈엣가시 같은 존재였으므로. 그래서일까, 그 이후 금원이 살았던 삶에 대해서는 알려진 바가 없다. 금원이라면 잘 살았으리라 믿는다. 겉으로는 고난을 겪었을지 몰라도 마음은 영원히 빛이 났으리라 믿는다. 이유는 오직 하나, 금원은 14세에 어린 나이에 집을 나와 훌륭한 어른으로 자란 사람이기 때문이다.

맺는 글

남성 권력자가 평가하는 냉혹한 시선과 싸워야 했던 소녀들의 삶

…

신사임당과 허난설헌

조선 여성 중 우리에게 이름이 가장 널리 알려진 두 사람을 꼽는다면 모르긴 몰라도 신사임당과 허난설헌이 일순위일 것이다. 최고액 지폐의 주인공인 신사임당은 현모양처의 대명사이며, 현대 작가들에게도 여전히 끊임없는 영감을 제공하는 허난설헌은 특별한 문학적 재능을 타고난 여성이라는 평가를 받는다. 그런데 살아서 한 번도 만난 적이 없는 이 두 여성은 기묘한 인연으로 맺어져 있다.

1583년 동인의 중진 허봉은 서인의 정신적 지주인 병조판서 이이의 파직을 요청했다. 임금 앞에서도 할 말은 하는 강직한 성품의 허봉이었던 만큼 언어는 매섭고 날카로웠다.

이이는 병권을 마음대로 휘두르고 임금까지 업신여겼습니다…. 대간이 탄핵하려 하자 대간의 말을 거짓으로 몰았습니다…. 항상 자신이 옳다고 소리 높여 주장하면서 잘못을 지적하는 자들은 무섭게 위협합니다. 이에 파직을 요청합니다.

우리가 아는 이이의 이미지와는 좀 다르다. 허봉의 말이 맞을 수도 있겠으나 정작 이이에게 무시를 당했다는 말을 들은 임금 선조는 전혀 그렇게 생각하지 않았다. 선조는 이이를 꼭 필요한 인물로 여겼기에 도리어 허봉에게 책임을 물었다. 유언비어를 날조하고 조정을 어지럽힌 허봉은 삼수갑산의 그 갑산으로 유배되는 벌을 받게 되었다. 흥미로운 건 이이의 반응이다. 이이는 허봉의 인간성에 약간의 문제가 있을 뿐 그 재주는 심히 아깝다고 말하며 사면을 요청했지만, 선조는 받아들이지 않았다. 결국 허봉은 이이가 세상을 떠난 이후에야 유배에서 풀려난다. 서울에는 들어올 수 없다는 조건이 달린 석방이었다. 유배 기간 중 건강을 잃은 허봉은 백운산, 인천, 춘천 등을 떠돌다가 1588년, 금강산에서 세상을 떠났다.

다들 알고 있다시피 이이는 사임당의 아들이며, 난설헌은 허봉의 여동생이다. 전자는 워낙 널리 알려져 있으니 후자에 대해서 조금 더 언급하는 게 좋겠다. 난설헌을 세상에 널리 알린 것은 막내 허균이지만 난설헌의 글쓰기를 가장 적극적으로 후원했던 이는 바로 허봉이다. 난설헌은 허봉의 벗인 이달에게서 시를 배웠다. 또한 허봉은 출가한 여동생에게 붓과 두보의 시집을 선물로 보냈다. 명문가 여성에게 시인을 기대하는 소망 또한 파격적이었고, 동봉한 편지의 내용 또한 감동적이었다.

"두보의 소리가 네 손에서 다시 나오기를 바란다."

시어머니와의 관계가 좋지 않았던 까닭에 출가외인이라는 말의 무게를 실감하던 난설헌에게 허봉의 격려가 얼마나 큰 힘이 되었을지는 굳이 말할 필요가 없겠다. 그랬기에 작은오빠 허봉의 때 이른 죽음은 그즈음 여러 가지 요인으로 마음이 약해져 있던 난설헌에게도 적지 않은 영향을 주었으리라. 결국 난설헌 또한 이듬해인 1589년 세상을 떠나고 만다.

정리해보자. 조금 심하게 말하면 허봉을 죽게 만든 건 이이라고 할 수 있다. 아니, 조금 더 거슬러 올라가 보면 이이를 낳은 건 사임당이므로 사임당이 허봉과 난설헌을 죽였다고도 말할 수 있다. 지나친 결론이라고? 써놓고 보니 그렇기는 하다. 철회한다. 위의 결론은 잊으시길!

자, 그렇다면 이런 결론은 어떨까? 사임당과 난설헌을 죽인 건 남자들이라고. 이건 또 무슨 뜬금없는 소리냐고? 순서에 따라 사임당과 이이부터 살펴보기로 한다.

우리가 아는 사임당의 이미지를 제공한 건 이이다. 이이는 어머니가 세상을 떠난 후 쓴 추모의 글에 다음과 같이 기록했다.

어렸을 때부터 경전에 능통해 글을 잘 지었다. 그림과 글씨에도 일가견이 있었고, 바느질과 수놓기 또한 뛰어났다. 성품은 따뜻하고 우아했으며, 지조는 곧고 깨끗했다. 몸가짐은 의젓하고 조심스러웠으며, 일 처리에 있어서는 자상하고 안정되었다.

이와 비슷한 문장이 뒤로 몇 줄 더 이어지지만, 굳이 인용할 필요는 없겠다. 위의 인용구만으로도 사임당은 이미 완벽한 여성이다. 평가는 잠시 유보하고 이이의 글을 조금 더 따라가 보겠다. 이이는 세 가지 관점에서 글을 진행한다. 유교적으로 완벽한 여성, 친정 부모에 대한 사랑이 지극했던 여성, 예술 감각이 뛰어났던 여성이 바로 그 관점들이다. 각각의 대표적 사례를 살펴보자.

친척들이 모여 잔치를 열었다. 여자 손님들도 떠들썩하게 웃으며 즐겼다. 어머니는 아무 말도 하지 않았다. 할머니(시어머니 홍씨)가 손을 뻗어 지적하면서 말을 하지 않는 이유를 물었다. 어머니가 무릎을 꿇고 대답했다. "여자는 문밖으로 나가지 않는 법이라 듣고 본 바가 아무것도 없습니다. 그러니 무슨 말을 하겠습니까?" 그 말을 들은 사람들이 모두 부끄러워했다.

어머니는 강릉의 할머니를 항상 그리워했다. 사람들의 왕래가 끊긴 깊은 밤이면 눈물을 흘리며 새벽까지 잠을 못 이루었다. 부모님을 생각하며 지은 시는 다음과 같다.
밤마다 달을 보며 기도합니다
살아 계실 때 다시 만날 수 있으면 얼마나 좋을까요?

7세 때 안견의 산수화를 따라 그렸는데 지극히 훌륭한 솜씨였다. 포도 그림은 흉내 낼 사람이 없었다. 어머니가 그리고 만든 병풍과 족자가 세상에 널리 전해지고 있다.

한마디로 말해 이이의 눈에 비친 어머니 사임당은 백 년, 아니 천년에 한 명도 나오기 어려운 무결점 여성이었다. 그런데 정말 그럴까? 위의 일화들을 다시 살펴보기로 하자. 친척들이 모인 즐거운 자리에서 아무 말도 하지 않았다는 것은 사임당이 여성은 늘 자신을 드러내지 않고 겸손히 있어야 한다는 유교적 덕목을 염두에 두고 있었음을 뜻한다. 하지만 달리 해석하면 시집 식구들에게 보내는 무언의 시위일 수도 있다. 자신보다 능력이 떨어지고 상식이 부족한 여성들과 굳이 상대하고 싶지 않다는 의미가 담겨 있을 수 있다는 것이다. 사실 사임당과 시어머니 홍씨의 관계는 원만하지 않았다. 이이의 같은 글에 보이는 문장, '할머니는 나이가 많아 가사를 거의 돌보지 않았다.'에서 약간의 힌트를 얻을 수 있겠다. 할머니는 친절한 협조자는 아니었던 것. 하지만 더 중요한 건 남편 이원수와의 관계다. 이이는 아버지에 대해 이렇게 언급했다.

> 뜻과 기개가 높아 집안 살림에는 별 관심이 없었다. 그래서 살림살이가 어려웠다.

번지르르한 표현이지만 세부를 들여다보면 아버지는 무능력한 가장이었다는 뜻이다. 실제로 이원수가 취업에 성공한 건 50세 때였다. 그것도 실력이 아닌 청탁으로. 그런 상황인데도 이원수는 첩까지 소유하고 있었다. 이런 정황들을 고려하면 사임당의 침묵이 유교적 덕목의 실천만으로는 보이지 않는다.

친정 부모에 대한 애정도 달리 생각할 요소가 있다. 친부모에 대한 사랑을 욕할 수는 없겠으나 시집 부모에 대한 애정과 존경의 부족은 문제가 된다. 사임당 본인의 생각은 알 수 없으므로 이이가 남긴 글에서 역시 힌트를 얻을 수밖에 없다. 놀랍게도 이이는 아버지 이원수가 세상을 떠났을 때 추모의 글을 쓰지 않았다. 당시 관행을 보면 특이한 일이었다. 더 놀라운 건 외할아버지와 외할머니를 추모하는 글은 썼다는 점이다. 당연한 말이겠으나 친할머니나 친할아버지에 대한 글은 역시 없다. 이이에게 부모는 어머니였으며, 조부모는 외가를 뜻했다는 것이다. 이이는 사임당이 세상을 떠난 후 슬픔을 이기지 못하고 금강산으로 가출(?)을 했는데 가출 후 돌아온 장소 역시 강릉 외가였다. 이이의 정서적 외탁은 사임당의 영향이었을 것이다. 그러니까 사임당은 실제로는 시댁에 순종해야 한다는 유교적 덕목을 제대로 지키지는 않았던 셈이다.

사임당의 예술에 대해서 더 설명을 붙일 필요는 느끼지 않는다. 정리해보자. 이이는 겉으로는 완벽한 어머니를 그리는 글을 썼으나 지금 우리 눈으로 보면 사정이 조금 다르다. 어쩌면 사임당은 머리가 좋고 솜씨가 훌륭한 사람이 흔히 그렇듯 약간은 자기중심적인 성격의 소유자였을 수도 있다는 것이다. 훗날 이이가 독선적이라는 비난을 받은 것도 간접 증거로 들 수 있겠다. 다시 말하면 사임당이 우리가 아는 완벽한 여성, 즉 현모양처는 아닐 수도 있다는 의미다. 그렇다면 다양하게 해석될 여지가 있었던 사임당의 이미지가 현모양처로 굳어진 건 언제쯤이었을까? 조선 후기 유학자들의 글에 단서가 있다. 이이의 정신적 후계자임을 자임했던 송시열은 사임당의 난초 그림을 보고 다음과 같은 견해를 피력했다.

> 손가락 끝에서 나온 그림이 능히 자연을 이루었으니 사람의 힘이 들어가지 않은 것 같다. 오행의 정수를 얻고 원기의 어우러짐을 모아 진정한 조화를 이루었으니 율곡 선생을 낳으심이 당연하다.

양보하고 또 양보해서 첫 문장을 그림에 대한 평가라고 치자. 하지만 그다음 문장은 도대체 무슨 뜻인가? 모르긴 몰라도 그림 평이 아닌 것만큼은 분명하다. 유교적으로 훌륭한 어머니였기에 대학자 이이를 낳을 수 있었다는 의미다. 바꿔 말하면 '현모'였기에 가능한 일이었다는 것이다. 그림 평 치고는 도무지 말이 안 된다. 피카소의 그림을 말하면서 인격 운운하는 것과 다르지 않다. 그림과 인격이 도대체 무슨 관계일까? 정신이 힘을 강조하는 조선 시대였다고는 하지만 그림 한 점이 훌륭한 아들의 탄생으로 이어지는 건 아무래도 좀 무리수처럼 보인다. 그러나 이 무리수는 유학자들에게는 오히려 일반 상식이었다. 〈사임당 화첩〉에 발문을 쓴 송상기 또한 비슷하다. 사임당의 풀벌레 그림을 본 닭이 쪼아 먹으려고 달려들었다는 신비로운 일화로 글을 시작한 송상기는 의아하게도 다음과 같은 결론을 내린다.

> 사임당의 맑은 덕과 훌륭한 행실은 지금도 거론하는 자들이 규중 여성 가운데 최고라고 칭송한다. 율곡 선생을 아들로 두었으니 더 말할 것이 있을까? 선생은 세상의 영원한 스승이다. 스승의 어버이를 존경하지 않는 이는 세상에 없으리라. 부인이 세상에 전해지는 이유가 바로 여기에 있다. 게다가 화첩이 있으니 더 말할 것이 없다.

이이 같은 스승의 어머니이기에 세상에 전해질 가치가 충분하다는 뜻이다. 그림? 없어도 전혀 상관이 없지만 있으니 뭐, 더 좋다는 그런 뜻이다. 여기에 이르면 사임당의 인간적 특징은 이미 중요하지 않다. 사임당이 이름을 남길 수 있는 이유는 오직 하나, 이이의 어머니이기 때문이다. 더 안타까운 건 시간이 지날수록 사임당의 이미지는 더 박제화되었고, 현모에서 현모양처로 진화까지 해버린 것이다. 사실 사임당은 남편 이원수의 재능을 높이 사지 않았고 자신이 죽은 뒤 절대 재혼하지 말라는, 유교적 관점에서는 도저히 올바르다고 볼 수 없는 말까지 남겼다. 그런데 현모라니, 사임당으로서는 기가 막힐 일이다.

사임당에 대한 전기적 사실의 대부분이 이이의 손에서 나왔다면, 난설헌에 대한 정보 대부분은 허균에게서 나왔다. 누나의 재능을 아꼈던 허균은 난설헌의 결혼 생활을 다음과 같이 정리했다.

> 누님은 어질고도 글솜씨가 뛰어났다. 하지만 시어머니에게 미움을 샀고, 두 아이를 일찍 잃은 뒤에는 한을 품고 세상을 떠났다. 누님의 일을 생각할 때마다 슬픔이 사무쳐왔다.

> 매부 김성립은 경전과 역사책을 제대로 읽지도 못했다. 그러면서도 과거 문장의 요령은 알아서 여러 번 등수에 들었다.

물론 이는 허균의 견해임을 밝힌다. 김성립은 28세 때 문과에 급제했으며, 신흠, 이수광 같은 당대의 명사들과 교분을 나누었다. 5대 연속으로 과거 급제자를 배출했던 가문이었음을 생각하면 허균의 견해는 조금 지나친 감이 있을 수도 있겠다. 하지만 난설헌의 여러 시에서 보듯 결혼 생활이 불우했던 것만큼은 틀림없는 사실이었다. 난설헌은 27세 때 세상을 떠났는데 죽은 이유가 밝혀져 있지 않다. 그래서 일부 연구자들은 스스로 목숨을 끊은 것으로 보기도 한다. 누님의 죽음에 가슴

아파했던 허균은 곧바로 추모사업, 즉 시집 발간에 착수했다. 난설헌은 자신이 쓴 글들을 모두 불태웠기에 허균은 생전에 자신에게 보내주었던 시와 자신이 외웠던 시들을 모아 시집을 발간했다. 추천사를 쓴 이는 유성룡이다. 유성룡은 시를 잘 모른다는 전제를 달고는 다음과 같이 평가했다.

> 훌륭하다. 부인의 말이 아니다. 허씨의 집안에는 뛰어난 재주를 가진 사람이 어찌 이토록 많단 말인가?

중국통이기도 했던 허균은 명나라 사신 주지번에게도 평을 받았다.

> 빼어나면서도 화사하지 않으며 텅 빈 듯하면서도 뼈대가 뚜렷하다.

난설헌의 시는 중국에서도 큰 인기를 끌었다. 18세기 초에는 일본에서도 발간되었으니 난설헌의 시는 국제적으로 인정을 받은 셈이다. 그 공로는 물론 시집을 발간한 허균에게 있다. 그런데 우리 같으면 자랑스러워해야 할 이러한 사실에 고개를 절레절레 흔든 이들이 있다. 그 유명한 박지원과 이덕무다.

박지원은 청나라 문인들이 난설헌 시집을 높게 평가하는 말을 듣고는 노골적으로 불만을 드러냈다.

> 대체로 규중 부인으로 시를 읊는 것은 애초부터 아름다운 일은 못 된다. 그렇기는 해도 외국의 한 여자로서 꽃다운 이름이 중국에까지 전파되었으니, 가히 영예스럽다고 말하지 않을 수 없겠다. 그러나 우리나라 부인으로서는 일찍이 그의 이름이나 자가 본국에도 나타나지 못했다. 난설헌이라는 호 하나로도 오히려 분에 넘치는 일이거늘, 하물며 경번의 이름으로 잘못 기록되어서 천추에 씻지 못하게 되었으니, 이가 어찌 뒷세상의 재능이 풍부한 규중 여인들이 경계하여야 할 거울이 아니겠는가?

경번에 대해서는 설명이 필요하다. 경번은 난설헌의 자인데, 초나라 장왕의 어진 아내 번희를 존경한다는 뜻이다. 그런데 이 자가 두번천, 즉 중국 시인 두목을 존경한다는 의미에서 붙인 이름으로 잘못 알려졌다. 심지어 중국 일부 서적에서는 난설헌과 경번을 다른 인물로 기록하는 오류를 범하기도 했다. 박지원은 이 점을 지적하면서 못마땅한 기색을 비친 것이다. 박지원이 시의 수준에 대해서는 아예 말하지 않고 있다는 부분이 중요하다. 자신이 보기에는 일고의 가치도 없는 시들이라는 의미가 숨겨져 있다. 난설헌이라는 호를 지적한 부분도 편견으로 가득하다. 당대 남성 양반들은 적게는 서너 개, 많게는 수십 개씩 호를 갖고 있었기 때문이다. 남편을 보좌하는 자리에 머물러야 할 여성이 감히 이름을 남긴 것에 대한 혐오감을 느낄 수 있다. 훌륭한 인격의 소유자로 널리 알려진 이덕무는 또 어떠한가?

> 중국 문인 전겸익은 난설헌이 여러 고시를 표절했음을 밝혀내 폭로한 바 있다. 남의 작품을 표절하는 자들에게 보일만 한 밝은 경계라 하겠다.

> 중국의 기록에서 허난설헌과 허경번을 두 사람으로 나누고 있으니 참으로 가소롭다. 부인이 글에 능하고 재주가 많은 까닭에 이와 같은 욕이 미치는 것이다.

표절 사례가 밝혀진 것에 대해 왠지 통쾌해하는 것 같다. 여성에 대한 거의 인신모욕적인 발언에서는 이덕무의 인격이 의심스러워지기까지 한다. 난설헌을 높이 평가하게 된 것은 현대의 일이다. 조선 후기 문인들에게 난설헌은 지워버리고 싶은 부끄러운 존재였을 뿐이다.

이 글에서 내가 말하고 싶은 것은 하나뿐이다. 사임당과 난설헌에게도 여성으로서의 한계를 뛰어넘는 건 쉽지 않은 일이었다는 것, 설령 뛰어넘었더라도 남성들은 자신들의 권력을 이용해 수백 년 동안 집요하게 방해해왔다는 것, 그 하나뿐이다. 사임당과 난설헌이 그랬다면 이 둘보다 덜 알려진 여성들, 즉 이 글에 등장하는 다른 여성들이 겪었던 어려움은 더 말할 필요가 없겠다. 물론 이는 과거의 일이 아니라 여전히 현재 진행형이다.

참고 문헌

1장. 이문건, 이상주 역주, 〈양아록〉, 태학사(1997)
정해은, 〈조선의 여성, 역사가 다시 말하다〉, 너머북스(2011)
한국학중앙연구원 편, 〈조선시대 책의 문화사〉, 휴머니스트(2008)

2장. 박지원, 신호열 외 옮김, 〈연암집〉, 민족문화추진회(2005)
심노숭, 김영진 옮김, 〈눈물이란 무엇인가〉, 태학사(2001)
유몽인, 신익철 옮김, 〈나 홀로 가는 길〉, 태학사(2002)
서신혜, 〈열정, 명인과 딴따라를 가르는 한 끗〉, 역사의아침(2014)
이지양, 〈나 자신으로 살아갈 길을 찾다〉, 글항아리(2009)
허경진, 〈악인열전〉, 한길사(2005)

3장. 박무영 외, 〈조선의 여성들, 부자유한 시대에 너무나 비범했던〉, 돌베개(2004)
하응백 편역, 〈이옥봉의 몽혼〉, 휴먼앤북스(2009)

4장. 박무영 외, 〈조선의 여성들, 부자유한 시대에 너무나 비범했던〉, 돌베개(2004)
박석무 편역, 〈나의 어머니, 조선의 어머니〉, 현대실학사(1998)
이문열, 〈선택〉, 민음사(1997)
임유경, 〈조선에서 여성으로 산다는 것〉, 역사의아침(2014)
정동주, 〈장계향 조선의 큰어머니〉, 한길사(2013)

5장. 정찬권, 〈향랑, 산유화로 지다〉, 풀빛(2004)
이옥, 허경진 옮김, 〈문무자 이옥 시집〉, 평민사(1997)
이학규, 실시학사 고전문학연구회 옮김, 〈영남악부〉, 성균관대학교출판부(2011)

6장. 이영춘, 〈임윤지당〉, 혜안(1998)
강명관, 〈성호, 세상을 논하다〉, 자음과모음(2011)
박무영 외, 〈조선의 여성들, 부자유한 시대에 너무나 비범했던〉, 돌베개(2004)
임유경, 〈조선에서 여성으로 산다는 것〉, 역사의아침(2014)
정해은, 〈조선의 여성, 역사가 다시 말하다〉, 너머북스(2011)

7장. 김경미 편역, 〈여성, 오래전 여행을 꿈꾸다〉, 나의시간(2019)
박무영 외, 〈조선의 여성들, 부자유한 시대에 너무나 비범했던〉, 돌베개(2004)
임유경, 〈조선에서 여성으로 산다는 것〉, 역사의아침(2014)
홍인숙, 〈누가 나의 슬픔을 놀아주랴〉, 서해문집(2007)

맺는 글. 박무영 외, 〈조선의 여성들, 부자유한 시대에 너무나 비범했던〉, 돌베개(2004)
박석무 편역, 〈나의 어머니, 조선의 어머니〉, 현대실학사(1998)
정해은, 〈조선의 여성; 역사가 다시 말하다〉, 너머북스(2011)
한영우, 〈율곡 이이 평전〉, 민음사(2013)
허경진, 〈허균 연보〉, 보고사(2013)